L'HORLOGER
DE BUCKINGHAM

DANS LA MÊME COLLECTION :

N° 1 – HIGGINS MÈNE L'ENQUÊTE
N° 2 – MEURTRE AU BRITISH MUSEUM
N° 3 – LE SECRET DES MAC GORDON
N° 4 – CRIME À LINDENBOURNE
N° 5 – L'ASSASSIN DE LA TOUR DE LONDRES
N° 6 – LES TROIS CRIMES DE NOËL
N° 7 – MEURTRE À CAMBRIDGE
N° 8 – MEURTRE CHEZ LES DRUIDES
N° 9 – MEURTRE À QUATRE MAINS
N° 10 – LE MYSTÈRE DE KENSINGTON
N° 11 – QUI A TUÉ SIR CHARLES ?
N° 12 – MEURTRES AU TOUQUET
N° 13 – LE RETOUR DE JACK L'ÉVENTREUR
N° 14 – MEURTRE CHEZ UN ÉDITEUR
N° 15 – MEURTRE DANS LE VIEUX NICE
N° 16 – QUATRE FEMMES POUR UN MEURTRE
N° 17 – LE SECRET DE LA CHAMBRE NOIRE
N° 18 – MEURTRE SUR INVITATION
N° 19 – NOCES MORTELLES À AIX-EN-PROVENCE
N° 20 – LES DISPARUS DU LOCH NESS
N° 21 – L'ASSASSINAT DU ROI ARTHUR

AUX ÉDITIONS DU ROCHER :

MEURTRE AU BRITISH MUSEUM
LE SECRET DES MAC GORDON
CRIME À LINDENBOURNE
L'ASSASSIN DE LA TOUR DE LONDRES
LES TROIS CRIMES DE NOËL
MEURTRE À CAMBRIDGE
MEURTRE CHEZ LES DRUIDES
MEURTRE À QUATRE MAINS
LE MYSTÈRE DE KENSINGTON
QUI A TUÉ SIR CHARLES ?
MEURTRES AU TOUQUET
LE RETOUR DE JACK L'ÉVENTREUR
MEURTRE CHEZ UN ÉDITEUR
MEURTRE DANS LE VIEUX NICE
QUATRE FEMMES POUR UN MEURTRE
LE SECRET DE LA CHAMBRE NOIRE
MEURTRE SUR INVITATION
NOCES MORTELLES À AIX-EN-PROVENCE
LES DISPARUS DU LOCH NESS
L'ASSASSINAT DU ROI ARTHUR
L'HORLOGER DE BUCKINGHAM
QUI A TUÉ L'ASTROLOGUE ?
LA JEUNE FILLE ET LA MORT

J.B. LIVINGSTONE

L'HORLOGER
DE BUCKINGHAM

ÉDITIONS GERARD DE VILLIERS

La loi du 11 mars 1957 n'autorisant, aux termes des alinéas 2 et 3 de l'article 41, d'une part, que les *copies ou reproductions strictement réservées à l'usage privé du copiste et non destinées à une utilisation collective* et, d'autre part, que les analyses et les courtes citations dans un but d'exemple et d'illustration, *toute représentation ou reproduction intégrale ou partielle, faite sans le consentement de l'auteur ou de ses ayants droit ou ayants cause, est illicite* (alinéa 1er de l'article 40). Cette représentation ou reproduction, par quelque procédé que ce soit, constituerait donc une contrefaçon sanctionnée par les articles 425 et suivants du Code pénal.

© Éditions Alphée, 1992.
© Éditions Gérard de Villiers, 1994
pour la présente édition.

ISBN 2-7386-5640-4

CHAPITRE PREMIER

L'aube se levait sur Buckingham Palace. Coiffé d'un haut-de-forme et vêtu d'une redingote, Persian Colombus se retourna une dernière fois vers la résidence londonienne de Sa Très Gracieuse Majesté. Après tant d'années passées à son service, il éprouvait une émotion intense à l'instant de quitter à jamais l'austère palais où il était seul habilité à remonter les trois cents horloges et pendules, grandes et petites, qui rythmaient les heures.

Âgé, le dos un peu voûté, les os douloureux, Persian Colombus n'avait plus la force d'accomplir une tâche qui exigeait une excellente forme physique et un doigté parfait. Ne devait-il pas parcourir chaque jour et chaque nuit d'interminables couloirs, entrer dans chacune des 690 pièces de Buckingham Palace, vérifier la bonne marche de chaque pendule ? En réalité, il n'avait pas une minute à lui.

Persian Colombus avait un visage allongé et

pâle, des favoris blancs, un nez aquilin ; il était le vivant symbole du serviteur accompli, oublieux de lui-même, attaché à la Couronne, mère de la civilisation ; il n'avait jamais encouru le moindre reproche et pouvait se vanter d'un fabuleux titre de gloire : pendant toute sa carrière, les trois cents horloges et pendules avaient sonné ensemble, à la même seconde, les douze coups de minuit.

À cette heure-là, le palais retrouvait enfin le calme après une journée agitée où il avait ressemblé à une ruche bourdonnante. Visiteurs, invités, secrétaires, membres du personnel animaient l'énorme bâtisse où battait le cœur de l'Empire.

Après le dîner, la reine et les membres de sa famille se retiraient dans leurs appartements et un silence feutré, pétri par des siècles de tradition et de protocole, s'infiltrait dans les salons, les bureaux et les chambres. C'était l'heure préférée de l'horloger de Buckingham ; seul à rôder dans les couloirs déserts, il goûtait le charme inaltérable de ce lieu à nul autre pareil où le temps n'avait pas de prise, ce temps dont il était l'unique responsable.

Peu avant minuit, il se tenait non loin de la chambre de Sa Majesté qui venait de se coucher ; c'était l'instant d'angoisse. Son travail serait-il, comme la nuit précédente, couronné de succès ? Serrant les dents et les poings, l'horloger de Buckingham fixait l'une des horloges.

Résonnaient les douze coups de minuit; les trois cents horloges et pendules ne faisaient qu'une. Le miracle s'accomplissait, une fois encore! Soulagé, détendu, Persian Colombus s'asseyait quelques instants sur un canapé et savourait la nuit de Buckingham, conservatoire de la culture britannique et des coutumes ancestrales. Il prenait soin de ne pas faire tinter son trousseau de clés et de se fondre dans les ténèbres recueillies qui protégeaient le repos d'Élisabeth II.

Il était fier de son métier que le progrès ne détruirait jamais; à Buckingham Palace, on employait aussi des ébénistes, des marqueteurs et d'autres artisans qui travaillaient à l'ancienne, en se moquant des modes et du temps qui passe. Tant que la monarchie britannique les choierait, la barbarie ne déferlerait pas sur l'Angleterre.

Persian Colombus ne se lassait pas du grand tableau représentant le couronnement de la reine, du buste de Victoria, des tapis d'Iran, des marches de marbre du grand escalier, de la salle du trône, de la galerie de peinture, du salon de musique, du salon vert; il aimait arpenter le couloir royal où trônaient d'énormes bibliothèques et des dressoirs d'acajou au dessus de marbre supportant d'énormes pendules. Son endroit favori était la salle de réception de la suite belge, à cause de la présence d'une admirable horloge astronomique du dix-huitième siècle à quatre faces, plaquée d'écaille, offrant un mécanisme d'une extraordinaire complexité. Persian Colombus s'en approchait toujours avec vénération et la traitait avec la plus extrême délicatesse.

Le froid et la pluie ne touchaient pas l'horloger de Buckingham dont le regard ne pouvait se détacher de la façade rigide du palais, conçu par l'architecte Portland ; pendant des décennies, Persian Colombus avait vécu dans un milieu clos, derrière des murs protecteurs, à l'abri du monde extérieur qu'il lui fallait à présent affronter. Le bruit, le tumulte, la foule, l'indélicatesse, l'absence d'étiquette, le manque de pendules... voilà ce qui l'attendait au-dehors, un univers inquiétant et anarchique.

Au prix d'un douloureux effort, il se retourna.

Buckingham Palace, c'était fini. À présent, l'horloger se dirigeait vers les dernières années de son existence pendant lesquelles il ne cesserait de rêver à sa belle et noble fonction.

Comme les autres membres du personnel du palais partant à la retraite, il était logé par la famille royale et pouvait choisir l'un des domaines illustres, Sandringham, Balmoral ou Windsor pour y passer le reste de ses jours. Mais l'horloger ne voulait pas s'éloigner de Buckingham ; aussi avait-il opté pour le duché de Lancastre dont les revenus allaient à la Couronne depuis 1399. Le duché comprenait, certes, vingt et un mille hectares de terres agricoles et de landes, mais aussi plusieurs immeubles londoniens, notamment sur le Strand, en bordure de la Tamise, et entre Regent Street et Carlton House. De mauvaises langues affirmaient même que des bars louches et des maisons de mauvaise vie de Soho versaient régulièrement leur loyer à leur royal propriétaire, mais personne n'avait eu l'impudence de vérifier.

Certes, l'horloger ne bénéficierait d'aucune réduction chez les fournisseurs agréés de Sa Majesté, mais il lui saurait gré de lui avoir accordé un coquet trois pièces dans Arundel Street d'où Persian Colombus avait banni toute horloge. Désormais, il ne respecterait aucun horaire et vivrait selon sa fantaisie, uniquement préoccupé de ses souvenirs.

L'appartement fleurait bon la lavande de chez Yardley : un feu crépitait dans la cheminée et, sur la table du salon, avait été déposée une bouteille d'excellent porto. L'intendant de Sa Majesté avait agi avec tact.

Persian Colombus n'osait pas s'asseoir. Il avait envie de s'engager d'un pas sûr dans les couloirs de Buckingham et de vérifier chaque horloge.

Quand on frappa à la porte, il sourit ; sans aucun doute, un nouveau cadeau d'adieu. Il ouvrit avec lenteur.

Le temps d'apercevoir son assassin, Persian Colombus était déjà mort.

CHAPITRE II

L'ex-inspecteur-chef Higgins, aussi silencieux qu'un chat, s'approcha de l'arbre creux. Capable de retenir longtemps son souffle grâce à une technique apprise en Orient, il mettait en œuvre une stratégie audacieuse, sachant qu'il n'avait pas le droit à l'échec.

Plutôt trapu, de taille moyenne, l'œil vif, parfois malicieux, les cheveux noirs, la lèvre supérieure ornée d'une moustache poivre et sel taillée et lissée à la perfection, Higgins avait d'ordinaire une allure bonhomme et rassurante. Beaucoup de criminels l'avaient pris pour un personnage inoffensif et s'étaient laissés aller à des confidences qui les avaient conduits en prison. Higgins détestait le crime, la violence et le désordre ; au service du Yard, dont il avait été le meilleur « nez », il s'était appliqué à les combattre sans perdre conscience que son travail se résumait à une goutte d'eau dans l'océan.

L'affaire semblait sérieuse.

The Slaughterers, le petit village où était sis le manoir familial de Higgins, jouissait d'ordinaire d'une parfaite tranquillité ; c'est pourquoi, après avoir pris une retraite anticipée afin de relire les bons auteurs, de tailler ses rosiers, d'entretenir sa pelouse, de se promener en forêt et de deviser de choses et d'autres avec le siamois Trafalgar, l'ex-inspecteur-chef s'était retiré en ce lieu idyllique, loin du monde et du bruit.

Le bruit... voilà la cause de sa délicate intervention.

Deux vieilles demoiselles, veuves et très convenables, se plaignaient de ne plus pouvoir dormir à cause d'un tintamarre provenant de l'arbre creux, situé à l'angle d'un petit pont enjambant la minuscule rivière Eye, du côté de la forêt. En raison de son passé, elles avaient fait appel à Higgins qui ne pouvait décemment refuser.

Parvenu à un pas du but, alors que la nuit tombait, en ce début de printemps pluvieux, l'ex-inspecteur-chef entendit une sorte de ronflement, suivi d'un sifflement ; la profonde respiration s'amplifia encore, et un concert soutenu s'engagea.

Higgins n'avait plus aucun doute sur l'identité du coupable. Profitant des derniers rayons d'une lumière parcimonieuse, il regarda à l'intérieur de l'arbre creux et vit deux jeunes chouettes effraies qui, de leur doux visage rond et de leurs grands yeux noirs, le contemplèrent avec effroi. Utilisant des paroles de réconfort, il parvint à les calmer. Comme il était hors de question de tuer ces oiseaux rares et utiles, et de couper l'arbre creux, il fallait se résoudre à un déménagement.

Avec des gestes précautionneux, Higgins extirpa les deux chouettes de leur domicile et les prit dans ses bras; d'un pas sûr et tranquille, il marcha vers son manoir. Elles n'avaient plus peur; à l'angoisse succédait la curiosité.

Sur le seuil du domaine se tenait Mary, la gouvernante de soixante-dix ans qui gardait bon pied bon œil après avoir traversé deux guerres mondiales, plusieurs crises de régime et quelques dizaines de scandales. Favorable au progrès technique, contrairement à Higgins, elle avait conclu un pacte de non-agression avec l'ex-inspecteur-chef à condition que chacun restât chez soi et préservât son indépendance.

— Votre maudit chat a faim, indiqua-t-elle; ce n'est tout de même pas à moi de le nourrir.

— Je m'en occupe.

— Qu'est-ce que vous me rapportez là?

— Les auteurs du délit.

Mary mit les mains sur les hanches.

— Qu'est-ce que vous comptez faire de ces chouettes?

— Les installer ailleurs.

— Où ça, ailleurs?

— Dans le bois, derrière la roseraie.

— Surtout pas !
— Pourquoi donc ?
— Parce que vous ne connaissez pas les deux vieilles pestes qui minaudent, se plaignent et vous font la cour, même si vous n'en êtes pas conscient ; elles détestent les animaux et sont capables d'empoisonner ces malheureux oiseaux.
— Que proposez-vous ?
— La forêt, au pied de la colline ; ces deux vipères n'y vont jamais. Donnez-moi ces chouettes, je vais immédiatement les mettre en sécurité. Vous, vous seriez capable de vous faire repérer. À se demander ce qu'on vous a appris à Scotland Yard !

Pendant que Mary, qui ne craignait ni ronces ni fondrières, s'acquittait de sa mission, Higgins passa par le jardin et pénétra dans sa cuisine privée où l'attendait Trafalgar, un magnifique siamois aux yeux bleus. La queue légèrement relevée et les oreilles tendues manifestaient une impatience certaine. Par bonheur, Higgins avait tout prévu ; saumon aux fines herbes et petits carrés d'araignée furent bientôt servis. Trafalgar, gourmet et bien éduqué, offrit à son ami l'un de ces regards de reconnaissance qui vous récompensent de tous vos efforts culinaires.

L'ex-inspecteur-chef, après avoir revêtu une douillette robe de chambre de chez Harborow, dans New Bond Street, s'assit dans un confortable fauteuil du grand salon, face à la cheminée.

Il admira la danse des flammes, sans cesse renouvelée, se servit un verre de Dom Pérignon d'une année convenable, et commençait à relire *La Tempête* de Shakespeare lorsque le téléphone sonna.

Cet instrument de malheur était installé dans la cuisine de Mary; il lui fallut donc se lever et pénétrer en territoire ennemi.

À contrecœur, il décrocha.

— Scott Marlow à l'appareil. Pardonnez-moi de vous déranger un dimanche à une heure pareille, Higgins, mais l'affaire est des plus sérieuses.

Le superintendant Marlow était un professionnel consciencieux et honnête. Higgins appréciait ces qualités rares, même si son collègue avait une fâcheuse tendance à croire aux vertus de la police scientifique qui ne remplacerait jamais l'intuition et la méthode empirique.

— Que se passe-t-il?
— Je redoute un énorme scandale.
— À Scotland Yard?
— Non, non... mais on vient de me confier une enquête... à hauts risques.
— La Couronne serait-elle impliquée?
— Pas au téléphone, Higgins!

Le superintendant considérait Élisabeth II comme la plus belle femme du monde et rêvait d'appartenir un jour au corps spécialisé dans sa protection rapprochée; encore fallait-il mener une carrière sans la moindre bévue.

— Pourriez-vous être un peu plus clair, mon cher Marlow ?

— L'horloger de Buckingham a été assassiné, murmura le superintendant.

— Le vieux Colombus ?

— Lui-même.

— N'était-il pas à la retraite ?

— Il venait de la prendre.

— Avez-vous une piste ?

— Aucune, ce meurtre est absolument incompréhensible. J'ai besoin de votre aide, Higgins.

Le ton de Marlow était empreint d'une inquiétude sincère ; pour certains membres de la famille royale, Higgins n'aurait pas quitté sa retraite. Mais on ne tuait pas un horloger chargé de veiller sur l'heure la plus traditionnelle du monde.

— Envoyez-moi une voiture, demain matin, à sept heures.

— J'ai tout de même une bonne nouvelle, dit Marlow, soulagé ; Babkocks est déjà au travail.

Si le meilleur légiste d'Angleterre se penchait sur le cadavre, ce dernier ne dissimulerait rien.

— À part lui, qui est au courant ?

— Personne, Higgins ; le palais m'a demandé d'agir vite et avec discrétion.

— Tâchez de dormir, mon cher Marlow ; demain sera une rude journée.

En raccrochant, Higgins eut le sentiment d'être observé ; de fait, Mary, les bras croisés, se tenait sur le seuil de sa cuisine.

— Les deux chouettes sont en sécurité, annonça-t-elle ; je vous déconseille d'adresser de nouveau la parole aux deux vipères ; cette maison a un renom qui ne doit pas être terni.

— Je dois m'absenter.

— Encore une de vos enquêtes ! Quelle misère.

Pour Mary, Scotland Yard était un repaire de brigands et de malfaiteurs. Grande lectrice de faits divers, elle se passionnait pour les reportages croustillants et les récits sordides à la limite du bon goût.

Higgins effectua une sortie discrète.

— N'oubliez pas un vêtement chaud, un cache-nez et votre tube d'*Influenzinum* pour la grippe ; le printemps est capricieux et l'air de Londres particulièrement vicié. Un jour, vous risquez de tomber *vraiment* malade.

CHAPITRE III

Dans son rêve, le superintendant Marlow écoutait les valses de Johann Strauss, jouées en mai 1838 pour le premier bal donné à Buckingham par Victoria ; galops et quadrilles avaient enflammé l'assistance, au point que la belle et jeune souveraine s'était couchée à quatre heures du matin.

L'heure exacte à laquelle le superintendant était tombé du canapé de son bureau et s'était réveillé en sursaut, face à une pile de dossiers administratifs et à une série de messages confidentiels provenant du sommet de la hiérarchie. Incapable de se rendormir, il s'était attelé à la tâche avant de se rendre dans Arundel Street, au domicile de la victime.

Au milieu de la matinée, Higgins arriva. Très élégant dans son imperméable Burberry's, il arborait un splendide nœud papillon vert d'eau que mettait en valeur la couleur parme de sa chemise sur mesure. Fidèle aux pantalons anthracite de chez Trousers, dans Regent Street, il avait adopté une veste à grands carreaux feuille d'automne, admirablement réussie par son tailleur œuvrant chez Stovel and Mason. Frigorifié dans son imperméable froissé, Marlow se contentait d'un costume gris fripé qui avait connu de meilleurs jours. Higgins estimait nécessaire d'être impeccable face à la mort, au crime et au mystère ; soigné, il pourrait se montrer soigneux.

— Vous semblez fatigué, mon cher Marlow.
— J'ai déniché plusieurs indices.

Higgins sortit un carnet noir et un crayon qu'il avait taillé lui-même avec soin, de manière à écrire avec rapidité et précision.

— Félicitations, superintendant ; de quoi s'agit-il ?
— D'abord, de ceci : un relevé bancaire, posé en évidence sur la table basse du salon. C'est tout à fait extraordinaire, Higgins !
— Même l'horloger de Buckingham a le droit d'ouvrir un compte en banque.
— Certes... mais de quelle manière a-t-il économisé trois cent mille livres sterling ?
— Coquette somme, je vous l'accorde ; conclusion ?
— Peu honorable pour la victime : soit il a détourné des fonds, soit il est mêlé à un trafic.
— Persian Colombus, un voleur de grande envergure ? Nous vérifierons. Ensuite ?
— Dans une boîte en nacre, sur la table de chevet, à gauche du lit, j'ai trouvé ceci.

Scott Marlow exhiba une bague en diamants ; Higgins l'examina avec attention.

— Fort beau bijou, tout à fait authentique et de grande valeur.

— À côté se trouvait un petit carton avec une inscription : *lady Fortnam, mardi, 11 h.*

— Mardi... c'est-à-dire demain.

— Exactement. Bien entendu, j'ai demandé au Yard de rechercher cette lady Fortnam toutes affaires cessantes.

— L'hypothèse du vol se confirme.

— J'ai pensé au recel, indiqua Scott Marlow. Imaginez-vous le scandale ? L'horloger de Buckingham, un sordide malfaiteur !

— Il faut parfois affronter la réalité en face, superintendant ; attendons de rencontrer cette lady pour en savoir davantage.

— Nous connaissons peut-être le nom de la criminelle...

— Peut-être ; autre indice ?

— Ce carton jauni, que j'ai découvert dans l'armoire à pharmacie de la salle de bains.

Higgins déchiffra le texte :

PIM'S CLUB
Margaret

— Je ne connais pas cet établissement.

— Moi non plus, avoua Marlow ; le Yard nous donnera bientôt son adresse, s'il existe.

— Une seconde suspecte.

— Voilà l'ensemble des indices que j'ai recueillis.

— Superbe travail, reconnut Higgins ; nous avons rarement autant de chance. Me permettez-vous de visiter cet appartement ?

— Je vous en prie ; un autre œil peut repérer de nouveaux éléments.

— Ne sentez-vous pas cette odeur puissante ?

Marlow huma l'atmosphère ambiante.

— De la lavande, n'est-il pas vrai ?

— De chez Yardley, précisa Higgins ; le local en est imprégné. La quantité répandue est énorme.

L'ex-inspecteur-chef nota le détail sur son carnet noir, puis explora le salon, la salle à manger, la chambre à coucher, la salle de bains, les toilettes et la cuisine. Marlow avait fait un excellent travail ; Higgins, bien qu'il eût fouillé le moindre recoin, ne récolta aucun autre indice majeur. Seul l'intrigua un boîtier d'appareil photo Aselblad, de qualité professionnelle.

— L'horloger faisait-il des photographies ?

— Je l'ignore, répondit Marlow.

— Curieux... aucun album de photos, aucune pellicule, seulement ce boîtier.

L'arrivée de Babkocks interrompit le dialogue.

Le meilleur médecin du Royaume-Uni ne passait pas inaperçu ; sosie de Winston Churchill, bougon, le plus souvent mal embouché, il fumait de gros cigares formés de déchets de tabacs exotiques qu'il bourrait dans les poches de sa veste d'aviateur en cuir, héritage de la Royal Air Force. Héros de la Seconde Guerre mondiale, il ne parlait jamais de ses exploits et collectionnait les cadavres avec un enthousiasme de jeune homme. Babkocks, qui s'était formé sur le tas, avait mis au point des méthodes très personnelles sur lesquelles il gardait le secret; personne ne pouvait pénétrer dans l'antre où il officiait. Non seulement il ne commettait jamais d'erreurs, mais encore il restituait des morts présentables, voire en bon état.

— Sacré Higgins! Déjà sur le coup?
— Le superintendant veut bien accepter mes conseils.
— Marlow est un type intelligent; il y a du whisky, dans les parages?
— Pas à ma connaissance, indiqua Marlow.
— J'avais prévu la catastrophe.

Babkocks sortit un flacon de sa poche revolver.

— Vous en voulez?

Marlow dédaigna l'offre.

— Le superintendant a raison; je suis le seul à supporter cette mixture. D'ordinaire, pour l'épicer, j'y ajoute de la cendre de cigare. À cette heure-là, il faut être sobre.
— Sans vouloir te bousculer, intervint Higgins, chaleureux, que sais-tu de l'assassinat?

Babkocks but une rasade, s'essuya les lèvres et rangea le flacon.

— Ton vieux bonhomme était en excellente santé, il aurait fait un beau centenaire. Bien sûr, vu son âge, la plupart des organes étaient plutôt usés.

— Pouvait-il continuer à arpenter les couloirs de Buckingham ?

— Honnêtement, non ; le temps de la retraite était venu.

— Comment est-il mort ?

— De la manière la plus barbare qui soit : on l'a tué à coups de poing, avec une violence incroyable. L'assassin devait le haïr. Une sauvagerie comme celle-là, je n'en avais encore jamais vue.

— L'heure du crime ?

— Hier, fin de matinée.

— Une conclusion s'impose, décréta Marlow : le coupable est forcément un homme.

— Pas du tout, rectifia Babkocks ; l'assassin portait des gants. S'il s'agit d'une femme, il lui suffisait de porter un premier coup hargneux pour estourbir le vieillard et s'acharner sur lui à loisir. Vous n'imaginez pas quelle force procure la haine.

CHAPITRE IV

Higgins se recueillit longuement devant le cadavre de Persian Colombus. Babkocks avait réussi à rendre paisible le visage martyrisé du vieil horloger. Seul un monstre pouvait avoir commis ce crime abominable, en s'acharnant sur un être incapable de se défendre. Restait à mieux connaître la victime et à savoir si elle avait commis fautes ou imprudences; mais pourquoi l'horloger de Buckingham aurait-il violé la loi et trahi son sacerdoce ?

Marlow et Higgins reçurent Suzan Colombus dans le bureau du superintendant, à Scotland Yard; l'endroit, voué au béton et au métal, était plutôt glacial même si Marlow l'avait un peu adouci en l'ornant de bouquets d'iris. L'ex-inspecteur-chef n'appréciait guère l'architecture moderne qui, à force d'être privée d'âme, privait les habitants de la leur; mais le superintendant, qui passait la plupart de ses nuits à travailler, appréciait le côté pratique de son installation.

Face à lui, une demoiselle de soixante-cinq ans, petite, maigre, au chignon serré et aux lèvres minces; la jupe brun foncé et les bas épais durcissaient encore une silhouette dont le charme n'était pas la caractéristique principale. Un grain de beauté poilu ornait la joue gauche de la digne personne assise sur le rebord de la chaise qu'avait avancée vers elle l'ex-inspecteur-chef.

— Vous vous appelez bien Suzan Colombus? interrogea Scott Marlow.

— Oui.

— Persian Colombus était bien votre frère? Elle opina du chef.

— C'est bien vous qui avez découvert le corps, hier, en fin d'après-midi?

— Oui, je ne comprends vraiment pas...

— Racontez-moi ce qui est arrivé.

— Je me suis rendue à Arundel Street pour voir l'appartement de mon frère. Quelle chance il avait! Sur le Strand, vous vous rendez compte? Ce n'est pas moi qui aurais été gâtée ainsi! Pourtant, je le méritais davantage que lui. Travailler à Buckingham, ce n'est pas donné à tout le monde. Moi, j'ai dû me contenter de faire des ménages.

— La porte de l'appartement était-elle ouverte?

— J'ai sonné et frappé... comme il ne répondait pas, j'ai tenté de pousser la porte. Elle n'était pas fermée. J'ai fait trois ou quatre pas à l'intérieur de l'appartement et me suis heurtée au cadavre. C'était affreux. On l'avait roué de coups... son visage était ensanglanté. Je suis sortie et j'ai alerté Scotland Yard.

Higgins s'adressa avec douceur à Suzan Colombus.

— Êtes-vous mariée ?
— Célibataire.
— Étiez-vous très proche de votre frère ?
— Il était ma seule famille. Vous notez tout ce que je dis ?
— Afin de ne pas déformer vos propos, mademoiselle. À votre avis, Persian était-il fortuné ?
— Lui ? Ça m'étonnerait ! En tout cas, je n'en ai pas profité.
— Connaissiez-vous lady Fortnam ?
— Non.
— Et une dénommée Margaret ?
— Pas davantage.
— Qui fréquentait votre frère ?
— Personne, à l'exception d'un vendeur minable de Portobello Road, Norman Catterick, un ami d'enfance.
— Quels étaient les loisirs de votre frère ?
— Il ne vivait que pour son travail.
— La photographie, par exemple ?

Elle hocha la tête négativement.

— Redoutait-il un attentat ?
— Comment le saurais-je ?
— Ne vous faisait-il pas de confidences ?

Un rire grinçant secoua la poitrine de la vieille fille.

— Vous n'êtes pas au courant ? Mon frère ne parlait jamais. Personne ne peut se vanter d'avoir entendu le son de sa voix. Il se contentait de hocher la tête pour dire « oui » ou « non ». Exaspérant... comme c'était exaspérant ! Parfois, j'ai eu envie de lui casser cette tête... oh ! Qu'est-ce que j'ai dit ? Vous n'avez pas entendu, j'espère ! Non, inspecteur, ne notez pas !

Le crayon de Higgins demeura suspendu en l'air.

— Haïssiez-vous votre frère, mademoiselle ?
— Comment osez-vous... Quelle horreur !

La vieille demoiselle se leva et s'adressa à Scott Marlow.

— Je veux sortir d'ici... je n'ai rien fait, moi, et il y a des dizaines de criminels qui circulent librement dans les rues !

— N'exagérez pas, je vous prie ! Le Yard fait respecter la loi.

Scott Marlow n'aimait pas que l'on critiquât à la légère la police de Sa Majesté ; Suzan Colombus jugea bon de se rasseoir.

Higgins vint à ses côtés.

— L'assassinat de votre frère vous a-t-il surprise ?

— Oui... non... comment dire ? Il ne parlait pas, ne se confiait pas, ne...

— Lui connaissiez-vous des ennemis ?

— Il ne fréquentait que des pendules et des horloges !

— Le lui reprochiez-vous ?

— Cela m'est souvent arrivé, en effet ; mais il s'en moquait. Rien ne le touchait... il était devenu une mécanique !

— Quand vous êtes entrée dans l'appartement, n'avez-vous rien remarqué d'insolite ?

La demoiselle réfléchit.

— Non... ah si ! Une très forte odeur de lavande.

— Votre frère aimait-il ce parfum ?

— Comment savoir ?

— Vous ne formulez donc aucun soupçon.

— Aucun. Je peux m'en aller ?

— Bien entendu, répondit Scott Marlow ; mais ne quittez pas Londres.

— Moi ? Je n'ai jamais quitté ma maison !

— Je vous reconduis, dit Higgins.

Irrité, le superintendant appela le service informatique du Yard pour lui demander de hâter ses recherches.

— Ne la trouvez-vous pas bizarre, Higgins ?

— La revoir sera indispensable.

— Je la vois bien assassiner son propre frère. Avec une tête comme la sienne, on doit être capable du pire.

Higgins paraissait soucieux.
— Avant de poursuivre l'enquête, déclara-t-il, je dois m'acquitter d'une tâche importante.
— Laquelle ?
— Je vous mets dans la confidence, mon cher Marlow, mais je vous demande le secret absolu.

CHAPITRE V

En ce 16 avril, Londres connaissait la seconde journée du *Blossom,* courte période se terminant le 15 mai ; le terme pouvait se traduire par « floraison » dans la mesure où le blanc des cerisiers donnait à la capitale une allure pimpante et joyeuse. Bientôt, les pétales couvriraient les rues d'un tapis neigeux ; si le soleil consentait à le faire resplendir, Londres prendrait un petit air de campagne.

Las, Higgins n'avait guère le temps de goûter ces plaisirs bucoliques ; habillé d'un costume croisé bleu nuit qui lui allait à merveille, grâce à son tailleur personnel, l'ex-inspecteur-chef se dirigea vers Buckingham Palace. S'ouvrant entre Hyde Park Corner et la Gare Victoria, le domaine royal résistait avec vaillance à l'enlaidissement de Londres, envahi d'immeubles en béton trop élevés. Partout, le bruit d'une circulation de plus en plus infernale que le martèlement des brodequins de la garde ne parviendrait bientôt plus à couvrir.

Higgins contempla l'étendard rouge et or qui flottait au vent ; sa présence signifiait que Sa Gracieuse Majesté résidait au palais dont l'austère façade, bâtie en 1912 par Sir Aston Webb, incarnait la stabilité de la monarchie. Quoi de plus rassurant et de plus solide que le lourd soubassement en lignes de pierres horizontales ?

Une foule nombreuse regardait à travers les grilles, en quête du moindre événement ; chaque touriste avait l'espoir d'apercevoir la reine ou l'un des membres de la famille la plus célèbre du monde. Quand Victoria, la première locataire des lieux, s'était installée à Buckingham Palace en juillet 1837, elle avait bien l'intention d'y fixer pour longtemps le siège administratif de la Couronne. Comme l'avait déclaré le duc d'Édimbourg, « Buckingham n'est pas à nous, c'est un cottage inaliénable et nous vivons au-dessus de la boutique ». Pour beaucoup, Buck's House ou B.P., comme on l'appelait familièrement, apparaissait comme une énorme entreprise et le plus vaste immeuble de bureaux de la capitale.

Higgins pénétra dans le domaine royal par un accès oublié, la porte du Water Gate, édifiée en 1626 par Balthasar Gerbier. L'un des assistants du secrétaire particulier de la reine le prit en charge ; ils évitèrent la grande porte par laquelle entraient les officiels, les membres les plus haut placés du personnel et ceux de la « maison royale », le cœur de cette mystérieuse entité britannique que l'on nomme l'*establishment,* pour se faufiler vers l'un des accès les moins fréquentés du palais. Les sentinelles avaient reçu l'ordre de ne pas se mettre au garde-à-vous afin de ne pas attirer l'attention des curieux. Les mieux informés ne quittaient pas des yeux la Privy Purse Door, réservée à bien des visiteurs importants et discrets.

Higgins passa par la porte des Écuyers, normalement utilisée en temps de guerre. Le secrétaire de la reine accueillit l'ex-inspecteur-chef, le débarrassa de son *Tielocken* qu'il tenait sur l'avant-bras gauche et le mena au bureau de Sa Majesté sans passer par le salon d'attente. En sortant de l'ascenseur, les deux hommes empruntèrent le couloir royal dont le parquet, bien qu'il fût recouvert d'un tapis rouge, grinçait à loisir.

Buckingham était beaucoup plus calme qu'à l'ordinaire; de nombreux rendez-vous avaient été annulés. Non sans émotion, Higgins approchait de l'entrée du plus illustre bureau de la planète, situé entre la salle à manger de la reine et sa chambre, en face de la salle du trône. De nombreux souvenirs remontèrent à sa mémoire ; il nota qu'aucune pièce du mobilier n'avait changé. Le bureau, situé au premier étage de l'aile Nord, donnait sur Green Park ; ainsi Sa Majesté pouvait-elle se détendre de temps à autre en posant le regard sur un écrin de verdure.

Avant que l'écuyer ne l'annonçât, deux chiens foncèrent sur Higgins ; trapus, puissants, le crâne large, la robe sable parsemée de taches blanches, ils semblaient décidés à l'attaquer et à lui mordre les chevilles. Mais l'ex-inspecteur-chef avait reconnu Whisky et Sherry, deux des corgis de la reine, descendants du couple fondateur de la lignée, Rozavel Golden Eagle, dit Dookie, époux de Rozavel Lady Jane. Habitués à aboyer à tout propos et hors de propos, facétieux en diable, les corgis adoraient sauter sur les gardes et terroriser les visiteurs mal informés.

Après avoir échangé quelques paroles affectueuses avec Whisky et Sherry, Higgins suivit l'écuyer qui l'introduisit dans le bureau de la reine, ploya le buste et égrena le nom et les titres de l'ex-inspecteur-chef, titres que seule Sa Majesté connaissait dans son intégralité.

Higgins aperçut les encriers, la cire à cacheter, le coupe-papier en ivoire, les plumes et les crayons taillés à la perfection ; dans ce bureau sobre où Sa Majesté se penchait sur les affaires de l'État, rien n'avait changé.

La porte se referma derrière le visiteur.

Scott Marlow attendait Higgins à l'intérieur du Wig and Pen, un club privé situé face à la Cour Royale de Justice ; n'y avaient accès que des écrivains et des lettrés, fiers de déjeuner dans le seul immeuble du Strand, bâti en 1625, qui eût survécu au grand incendie de Londres. La façade se composait de deux vitrines formées de vitraux colorés en losange séparées par une porte en bois noir tout à fait hermétique. Quelques portraits d'écrivains agrémentaient cette vision plutôt sombre et peu accueillante. Membre de plusieurs sociétés savantes et détenteur de l'œuvre inédite de la grande poétesse J.B. Harrenlittlewoodrof, promise au prix Nobel de littérature, Higgins avait depuis longtemps ses entrées dans ce club admiré et envié.

Le superintendant vidait sa troisième chope de *Stout,* une bière brune fortement alcoolisée.

— Higgins, enfin! Racontez, je n'y tiens plus!

— Détendez-vous, superintendant; en Orient, lorsqu'on attend une nouvelle importante, on prend son temps. Aussi allons-nous d'abord commander un repas léger qu'apprécierait Sa Majesté : salade de poulet, sole grillée, poulet mariné avec une sauce de champignons, et chou farci.

— L'avez-vous vue?

— Nous avons conversé, en effet.

— Vous aviez promis de tout me dire... de quoi avez-vous parlé?

— D'abord de Susan, sa première chienne corgi à laquelle elle voue une affection indéfectible; ensuite des roses de Buckingham qui courent un réel danger. La reine Élisabeth voit se ternir le rose carmin de leurs pétales extérieurs ; je lui ai donné un mélange de produits naturels, sans aucun additif, à répandre sur les rosiers au mois de novembre. Enfin, j'ai insisté sur un point capital : préserver l'ancien matériel de jardinage, notamment les vieux râteaux.

Scott Marlow était éberlué.

— Mais le crime ?

— Le crime, répéta Higgins, pensif, il fallait l'aborder, bien sûr.

Le superintendant était tendu.

— Avez-vous réussi... sans heurter Sa Majesté ?

— Tâche ô combien délicate, mon cher Marlow ! Mais la reine est une personne franche et décidée. D'après ses propres indications, elle-même, la famille royale et les hauts dignitaires ne se trouvaient pas à Londres à l'heure du crime, mais à Sandrigham avec tous les corgis.

Marlow était rouge d'indignation.

— Vous n'avez pas osé soupçonner...

— Le *Manuel de criminologie* de M.B. Masters, tome I, pages 2 et suivantes, indique clairement que nulle hypothèse, si choquante soit-elle, ne doit être écartée lorsqu'on recherche un criminel. Rassurez-vous : la reine et ses proches sont hors de cause. Mais Sa Majesté exige l'identification rapide du coupable ; c'est pourquoi elle m'a permis de rencontrer le lord-Steward, maître de la Maison Royale. Ce dernier a été formel : aucune personne attachée au service de Sa Majesté n'a pu commettre un tel forfait.

Le superintendant se sentit soulagé.

— Je l'ai cru, bien entendu, mais j'ai préféré m'entretenir avec Margaret Mac Donald.

Nurse de la princesse Élisabeth en 1930, puis son habilleuse, Margaret Mac Donald, surnommée Bobo, était la confidente de la souveraine et sans doute sa meilleure amie ; elle terrorisait l'ensemble du personnel de Buckingham et n'ignorait rien de ce qui s'y passait.

— Elle a accepté de converser avec vous ? s'étonna le superintendant.

— Lorsqu'on sait la prendre, c'est une femme charmante.

— Des révélations ?

— Hélas ! non.

— Donc, aucun suspect.

— Aucun.

— Que pensait-elle de l'horloger ?

— Un professionnel admirable qui n'attirait ni critique ni remarque, sauf celle-ci : personne n'a entendu le son de sa voix. Il remontait et vérifiait horloges et pendules, entrait à l'improviste dans les pièces où il officiait, les quittait sans qu'on le remarque et déambulait, très digne, avec son trousseau de clés.

— Autrement dit, il allait partout et connaissait le palais à la perfection.

— Bien observé, mon cher Marlow; j'ai noté ce détail sur mon carnet noir et l'ai même souligné.

— Lorsque nous aurons terminé cet excellent déjeuner, décida le superintendant, nous rendrons visite à son ami.

CHAPITRE VI

Norman Catterick habitait un petit deux pièces à Portobello Road, au-dessus de son échoppe devant laquelle il dressait des tréteaux chargés des marchandises les plus diverses : vaisselle, casques coloniaux, lampes, valises, enseignes et mille autres babioles que des collectionneurs recherchaient avec avidité. Norman Catterick tenait honorablement son rang parmi les mille deux cents marchands du célèbre marché londonien, toujours envahi d'une foule nombreuse en quête d'une occasion fabuleuse.

Marlow et Higgins, conformément à la coutume, parcoururent la rive en la descendant ; la boutique de Catterick, qui portait le nom de *Little Alice,* se trouvait à peu près au milieu.

En ce lundi après-midi, l'endroit était calme.

Les deux policiers grimpèrent à l'étage ; l'escalier en bois, correctement ciré, gémit sous leurs pas.

Le propriétaire répondit au troisième coup de sonnette.

— Qui est-ce ?

— Scotland Yard, répondit Marlow ; pourriez-vous ouvrir ?

— Qu'est-ce qu'on me reproche ?

— Rien du tout ; nous avons besoin de votre témoignage.

— A quel propos ?

— J'aimerais en discuter chez vous.

La porte s'entrouvrit en grinçant.

— Vous êtes bien policier ?

— Voici l'inspecteur Higgins ; je suis le superintendant Marlow.

Âgé de soixante-six ans, Norman Catterick était un homme râblé, à la stature épaisse et à l'embonpoint marqué. Sur la tête, une casquette de tweed ; à la bouche une pipe en terre. Le visage, carré, semblait fermé, voire agressif ; des favoris broussailleux accentuaient son caractère rustique. Le marchand portait une chemise à carreaux et un pantalon de velours soutenu par des bretelles.

— Alors, c'est pour quoi ?

— Une terrible nouvelle, déclara Marlow.

Le visage du marchand demeurait inexpressif ; Scott Marlow estima qu'une déclaration brutale était la meilleure solution.

— Persian Colombus est mort assassiné.

— L'horloger de Buckingham ? Mais pourquoi... c'était un vieux bonhomme inoffensif !

— Votre meilleur ami, si je ne m'abuse?
— On s'entendait bien, c'est vrai. Enfin, si on peut dire!
— Pourquoi cette restriction? demanda Higgins.
— Parce qu'il ne disait jamais un mot!
— Même à vous?
— Même à moi.
— Comment communiquiez-vous?
— Je parlais, il écoutait; il intervenait par des hochements de tête, pour se contenter de dire « oui » ou « non ».
— Quels étaient vos sujets de conversation?
— Le temps, le rugby, la santé, que sais-je encore?
— Son métier?
— Jamais.
— Le vôtre?
— Souvent! J'avais mille anecdotes à lui raconter; certaines l'amusaient. Vous voulez peut-être entrer et boire une bière?

Marlow acquiesça.

Le petit appartement de Norman Catterick était un véritable capharnaüm; il fallait progresser dans un entassement de casseroles, de coussins, de pots de fleurs, de cartons à chapeaux et de boîtes de chaussures. Contre un mur, des tiges de bambous brisées, des balais de l'époque victorienne et des instruments agricoles. Le marchand s'assit sur une pile de tuiles anciennes, Marlow resta debout, Higgins examina ce trésor hétéroclite.

— Comment est-ce arrivé ? demanda Catterick.

— L'assassin lui a fracassé la tête à coups de poing.

Le marchand blêmit.

— Mon Dieu... Mais c'est horrible ! Pourquoi une telle sauvagerie ?

— Nous l'ignorons encore.

— Ce pauvre vieux Persian... lui qui était inoffensif ! Il n'aurait même pas résisté à un gamin.

— Lui connaissiez-vous des ennemis ?

— Persian, des ennemis ? Ça ne tient pas debout ! À part moi et sa sœur, il ne fréquentait personne, et ne parlait à personne. Il se consacrait à ses horloges et à ses pendules et n'avait pas d'autre horizon.

Higgins se mouvait comme un chat. Sans rien déplacer, il observait tout.

— Une fortune cachée ? suggéra Marlow.

Un franc sourire anima le visage ingrat du marchand.

— Persian ? Il n'avait que son salaire, dont il reversait la plus grande partie à sa sœur.

— Aucune dépense anormale ?

— Son existence était réglée comme une horloge.

— N'avait-il pas une protectrice ? demanda

Higgins, penché sur un sucrier en porcelaine du plus bel effet.

— Une protectrice?... Je ne comprends pas.

— Le nom de lady Fortnam vous est-il inconnu?

— Complètement.

— Et celui de Margaret?

— La sœur de la reine?

— Non, rectifia Marlow, une Margaret qui eût été son amie ou une parente.

— Sa seule parente, c'était sa sœur. Jamais entendu parler de cette Margaret.

— Appréciez-vous Suzan Colombus?

— Une vieille vipère toujours prête à mordre... Je ne m'en suis jamais approché.

— Aimait-elle son frère?

— Elle le détestait.

— Pour quelle raison?

— Elle déteste tout le monde; c'est sa nature.

— Persian Colombus en était-il conscient?

— Oui, mais il s'en moquait. Tout ça me donne soif.

Le marchand déplaça un pied de lampe en marbre, atteignit une réserve de bouteilles de bière blonde et fit le service. Le breuvage manquait un peu de fraîcheur.

— Votre ami faisait-il de la photographie? interrogea Higgins.

— Certainement pas. Pendant ses rares moments de loisir, il venait chez moi, se promenait dans Portobello Road, déjeunait avec sa sœur ou dormait. Je ne l'ai jamais vu manier un appareil photo.

Scott Marlow se gratta le front; l'enquête ne prenait pas bonne tournure.

CHAPITRE VII

Scott Marlow obtint enfin la vérité : l'ordinateur central du Yard venait de tomber en panne. On recourut donc aux méthodes habituelles, consistant à fouiller manuellement dans les répertoires et les archives.

— Toujours pas d'indication sur lady Fortnam et Margaret ? demanda Higgins.

— Cela ne saurait tarder, répondit Marlow.

— Je vais m'occuper d'un de nos indices ; nous obtiendrons au moins une certitude.

— Ce sera long ?

— Deux heures, tout au plus.

Au cœur de la City, dans Threadneedle Street, la banque d'Angleterre était un monument imposant dont les colonnes s'inspiraient de celles du temple de la Sibylle à Tivoli ; son portique dérivait de l'arc de triomphe de Constantin. Un assesseur conduisit Higgins au bureau de Watson B. Petticott, l'un des hommes les plus secrets et les plus importants du pays. Financier de haute volée, confident des ministres, Watson B. Petticott, qui appartenait au cercle très restreint des amis indéfectibles de Higgins, éprouvait une passion pour les enquêtes policières. Le travail de l'ex-inspecteur-chef le fascinait, et il était prêt à lui accorder son aide à tout moment pour connaître le fin mot d'une histoire qui ne serait jamais imprimée dans les journaux.

Watson B. Petticott reçut Higgins dans un immense bureau dont les meubles lourds en bois des îles rappelaient la splendeur de l'Empire britannique, si vaste que le soleil ne s'y couchait jamais. Le financier, qui ressemblait à Sherlock Holmes, se sentait revivre lorsque l'ex-inspecteur-chef venait lui demander son aide.

— Qui a été assassiné?
— Une personnalité de premier plan.
— Ne me fais pas languir davantage, Higgins.
— L'horloger de Buckingham.

Le banquier fronça les sourcils.

— L'affaire est sérieuse, en effet. Je suppose que tu as pris contact avec qui de droit?
— Tout est en ordre.
— Avec toi, on n'est jamais déçu! Puis-je t'aider?
— Certes; voici un relevé bancaire tout à fait extraordinaire.

Higgins remit le document à Watson B. Petticott.

— D'après ce document, l'horloger de Buckingham aurait accumulé une petite fortune dont l'origine est inconnue.

— Je vérifie immédiatement.

Après avoir transmis ses ordres, le banquier fit servir à son hôte un excellent whisky; ensemble, ils évoquèrent quelques joyeuses soirées où l'amitié rendait le monde moins cruel.

Un secrétaire en jaquette apporta la réponse sur un plateau d'argent.

— La vérification était nécessaire, indiqua Watson B. Petticott; le document est un faux. Ton horloger n'a jamais disposé de cette énorme somme. Sur son compte en banque, il y a exactement vingt-trois livres et dix shillings.

Scott Marlow était abasourdi.

— Complètement ridicule!

— Pas tant que cela, objecta Higgins; le doute a été semé dans notre esprit.

— Celui ou celle qui a falsifié ce document bancaire savait que nous vérifierions!

— Peut-être le faussaire misait-il sur une négligence du Yard; en tout cas, il désirait nous orienter sur une fausse piste et nous faire croire que la victime était malhonnête.

— L'honnêteté de Persian Colombus reste à prouver. Vous oubliez la mystérieuse lady!

— Auriez-vous obtenu une information?

— Son adresse, à Kensington. J'ai bien envie de m'y rendre immédiatement.

— Un peu de patience, mon cher Marlow. Le rendez-vous est fixé à demain, à onze heures; sa surprise n'en sera que plus grande.

— Une lady mêlée à un trafic de diamants! Où va l'*establishment*, Higgins?

— Vers le bas, superintendant; il suit la pente naturelle de l'humanité.

— J'ai bon espoir; je crois que nous tenons des indices sérieux, même si le premier est décevant.

— Décevant, mais instructif.

— De quelle manière?

— Nous le saurons plus tard.

Higgins refusait les *a priori* et les idées toutes faites; il accumulait les informations, les enregistrait sur son carnet noir et laissait s'opérer une alchimie subtile où le raisonnement et la logique n'intervenaient pas.

— Où comptez-vous loger? demanda Marlow qui attendait la réponse évasive et traditionnelle : « chez un ami »?

— À l'hôtel Phœnix.

D'ordinaire, la reine priait ses hôtes de marque

de résider à l'hôtel Claridge : en raison de la nécessaire discrétion de l'enquête, l'ex-inspecteur-chef préférait le Phœnix, dans la cité de Westminster. Tout proche de Hyde Park, le luxueux établissement, qui datait de 1854, donnait sur de grands arbres.

Higgins avait choisi une chambre au troisième étage ; tendue de velours vert, elle offrait le calme nécessaire au bilan vespéral. Chaque soir, il relisait attentivement ses notes et réfléchissait dans le noir, attendant qu'une lueur perçât les ténèbres. Il n'était jamais certain de pouvoir démonter le mécanisme d'un crime et de mettre la main sur son auteur ; un jour, sans doute, le diable serait plus fort que lui.

Cette affaire débutait mal ; l'ex-inspecteur-chef éprouvait un malaise, comme si un épais manteau de dupes lui était présenté, recouvrant une vérité inaccessible. Bien sûr, tirer des conclusions eût été prématuré ; mais il savait déjà que le meurtre de l'horloger de Buckingham lui donnerait beaucoup de fil à retordre.

Le téléphone sonna.

— Ici Marlow ; une nouvelle sensationnelle, Higgins !

— Je vous écoute.

— Je passe vous chercher au Phœnix ; nous partons en expédition.

— Dans quelle contrée ?

— À Soho. Le Yard a localisé le Pim's Club.

CHAPITRE VIII

Bordé au nord par Oxford Street, à l'est par Charing Cross, au sud par Coventry Street et à l'ouest par Regent Street, le quartier de Soho — dont le nom dérivait du cri de chasse *so-hou!* — n'était pas peuplé que d'honnêtes gens et de travailleurs méritants. Au XIVe siècle, l'endroit était encore une verte campagne où les Londoniens, las des embarras de la ville, venaient prendre le frais. En 1685, la révocation de l'Édit de Nantes avait obligé quantité de protestants à quitter la France pour l'Angleterre; Soho les avait accueillis, devenant un quartier d'immigrés, « grouillant, rempli de Grecs, d'Israélites, de chats, d'Italiens, de tomates, de restaurants, et de cris », selon la description de Galsworthy. Là avaient vécu quelque temps Haydn et Mozart; mais la musique qu'on y jouait depuis la fin de la Seconde Guerre mondiale n'aurait guère ravi l'auteur de *La Flûte enchantée*.

— Je dois vous prévenir que le Pim's Club

n'est pas un endroit convenable, annonça Scott Marlow, gêné.

Higgins demeura impassible pendant que la vieille Bentley du superintendant progressait lentement dans Rupert Street, bordée de boutiques douteuses, de cinémas violant les règles de la bienséance et de boîtes de nuit exaltant les dépravations les plus diverses.

— Le Pim's Club, révéla le superintendant, est une sorte de... comment dire...

— Une boîte de strip-tease.

Marlow sursauta.

— Vous êtes au courant?

— Pas précisément, mais ce type d'établissement est fréquent à Soho.

— Nous serons peut-être obligés d'entrer.

— Pour obtenir la vérité, mon cher Marlow, à quel sacrifice ne consentirait-on pas?

Le superintendant gara sa voiture sous un lampadaire; les jambes un peu tremblantes, il en descendit en observant Higgins qui semblait indifférent à l'ambiance délétère du quartier.

Avec détermination, Marlow utilisa le heurtoir pour frapper à la porte rouge du Pim's Club.

Une petite grille s'ouvrit; un œil s'y colla.

— Vous êtes membre du club?

— Scotland Yard.

— C'est à quel sujet?

— Nous voulons voir le directeur de l'établissement.

— Je ne sais pas si...
— Dépêchez-vous, mon ami; nous sommes pressés.

Le videur accepta d'ouvrir la porte; c'était un Indien d'un mètre quatre-vingt-dix aux mains énormes.

— Le patron est occupé.
— Où pouvons-nous le trouver?
— Au bar, mais...

Marlow et Higgins empruntèrent un couloir orné de photographies de femmes dénudées, traversèrent une salle enfumée remplie de spectateurs, les yeux rivés sur une Asiatique qui se dépouillait de ses vêtements au rythme d'une mélopée orientale.

Au bar, un curieux personnage aux cheveux roux et au costume rose buvait une grenadine.

— Êtes-vous le patron de ce club? demanda Marlow.
— Exact; seriez-vous mécontent du *show*?
— Nous aimerions parler à Margaret.
— À quel titre?
— Scotland Yard.
— Mon établissement est culturel, messieurs, et...
— Amenez-nous immédiatement Margaret, ordonna Higgins.
— Nous sommes dans un pays libre, un...
— La complicité de meurtre mettrait fin à vos activités culturelles.

Pris au dépourvu, l'homme au costume rose renversa sa grenadine.
— Dans mon bureau, vous serez très bien.

La peinture rose bonbon semblait avoir les faveurs du patron du club; tous les objets de son bureau étaient de cette couleur. Fauteuils, tentures, table basse respectaient la règle. Dépourvu de fenêtres, l'endroit était étouffant.

Margaret entra.

Âgée d'une vingtaine d'années, petite, brune, très jolie, elle ne portait qu'une robe très décolletée, presque transparente.

— Qu'est-ce que j'ai fait?
— Détendez-vous, mademoiselle, recommanda Higgins; vous vous appelez bien Margaret?
— Oui, et je veux garder mon travail ici.
— Connaissiez-vous Persian Colombus?

Elle baissa la tête.

— Je refuse de répondre.
— Lui vous connaissait.

L'ex-inspecteur-chef mit le carton jauni sous les yeux de la jeune fille. Elle demeura muette.

— Ne vous obstinez pas, recommanda-t-il.

Margaret éclata en sanglots.

— Il n'a pas le droit d'intervenir dans ma vie! Je suis bien ici et je ne veux pas changer!

— Comment intervenait-il ? demanda doucement Higgins en lui offrant un mouchoir.
— Il m'aidait.
— De quelle manière ?
— En me donnant un peu d'argent.
— Pourquoi ?
— Parce que j'étais orpheline, il m'a arrachée à la misère, quand j'avais cinq ans. Je l'ai longtemps ignoré, mais c'est lui qui a payé mes études.
— L'avez-vous rencontré ?
— Une seule fois, lorsque j'ai quitté le collège. Il m'a suppliée de ne pas faire du cabaret, mais je ne l'ai pas écouté. Ma vie, c'est ici !
— Comment a-t-il réagi ?
— Il semblait très triste.
— A-t-il continué à vous donner ses économies ?
— Oui.
— Sans aucun reproche ?
— Aucun.
— Éprouvez-vous de la reconnaissance ?
— Non. Il fait ce qu'il veut, après tout ! Moi, j'encaisse.
— Où vous trouviez-vous, hier ? demanda Marlow.
— À la campagne, avec le patron du club et deux amies ; c'est interdit ?
— Hier, rappela Higgins, Persian Colombus a été assassiné.

CHAPITRE IX

La douceur du *Blossom* avait brusquement disparu, cédant la place à la pluie et au vent ; le superintendant Marlow, en passant prendre Higgins à l'hôtel Phœnix, ne fit pas attention au temps. Trop de soucis le préoccupaient.

— J'ai vérifié l'alibi de Margaret, dit-il à Higgins, elle n'a pas menti. Encore un indice qui s'effondre. Non seulement Colombus n'a pas volé d'argent, mais encore il en donnait à cette pauvre fille ! Une bonne œuvre qui n'a pas été couronnée de succès.

— Reste lady Fortnam, rappela l'ex-inspecteur-chef.

— Notre dernière chance, en effet ; jusqu'à présent, il faut bien admettre que l'existence de la victime ne présente aucune zone d'ombre. Il apparaît comme un brave homme, au cœur large et à la générosité inépuisable.

— Les apparences correspondent rarement à la réalité, ne croyez-vous pas ?

La vieille Bentley, dont le moteur s'enrhumait au moindre changement climatique, eut quelque difficulté à pénétrer dans le beau quartier de Kensington. Non sans peine, elle parvint au terme de son voyage urbain, à savoir l'hôtel particulier de lady Fortnam, une superbe demeure blanche dont l'entrée à colonnes rappelait celle d'un temple grec.

Un valet en livrée accueillit les deux policiers sur le seuil.

— Puis-je vous aider, messieurs ?

— Lady Fortnam pourrait-elle recevoir le superintendant Marlow et l'inspecteur Higgins de Scotland Yard ?

— Est-ce urgent ?

— Très urgent.

— Pourriez-vous patienter dans le salon bleu ?

Les deux policiers n'attendirent pas longtemps. Une assez belle femme, très élégante, s'avança vers eux. Blonde, les yeux verts, elle paraissait fort inquiète.

— Quelle est la raison de votre visite, messieurs ?

— N'aviez-vous pas rendez-vous à onze heures ? interrogea Higgins.

L'aristocrate parut fort étonnée.

— Non... j'en suis certaine.

— Connaissez-vous Persian Colombus ?

Elle réfléchit quelques instants.

— Je ne crois pas. Pourtant, ce nom ne m'est pas tout à fait étranger. Qui est-il ?

— L'horloger de Buckingham.
— L'horloger... mais oui, bien sûr ! J'ai rarement entendu son nom, mais je l'ai croisé à plusieurs reprises.
— En quelles circonstances ? s'étonna Scott Marlow.
— Mais... à Buckingham, bien entendu !
— Occupez-vous une fonction au palais ? interrogea Higgins.
— Un peu anecdotique, j'en conviens, mais j'y tiens beaucoup ; je suis conseillère pour l'achat des fleurs lors des réceptions.
— Avez-vous conversé avec l'horloger ?
— Il ne parlait à personne ; j'ai seulement eu la chance de croiser ce vieux monsieur très digne qui semblait immortel.

Higgins sortit de sa poche la bague en diamants découverte chez l'horloger.

— Reconnaissez-vous cet objet ?
— Ma bague ! C'est ma bague ! Je l'ai perdue, samedi, à Buckingham. Quelle chance ! Où l'avez-vous retrouvée ?
— Permettez-moi de ne pas vous répondre.
— Puis-je... récupérer ma bague ?
— La voici.
— Je suis très heureuse, inspecteur, vraiment très heureuse ! Ce bijou appartenait à ma grand-mère et j'étais au désespoir de l'avoir égaré. Ma reconnaissance vous est acquise.
— Puis-je vous poser une question indiscrète ?

— Je vous en prie.
— Où vous trouviez-vous, dimanche ?
— Dans ma maison de campagne du Sussex, avec mon mari et mes enfants. Ce n'est pas un grand mystère ! Mais pourquoi ?
— L'horloger de Buckingham a été assassiné.
Lady Fortnam fut horrifiée.
— Qui a pu commettre pareil forfait ? C'était un homme âgé, sans défense !
— Nous identifierons l'assassin, promit Scott Marlow. Persian Colombus avait-il des ennemis, selon vous ?
— Je l'ignore, superintendant ; je le connaissais à peine, comme je vous l'ai indiqué ; pour moi, ce n'était qu'une silhouette.
— Ne saviez-vous rien de lui ?
— Rien, sauf ce qu'on murmure à Buckingham.
— À savoir ?
— Qu'il était un excellent serviteur auquel rien ne pouvait être reproché.
Lady Fortnam contemplait sa bague avec émotion.
— Scotland Yard est vraiment la meilleure police du monde ; comment vous remercier ?
— Il ne nous reste plus qu'à prendre congé, dit Higgins.

**

Le moteur de la vieille Bentley tarda à démarrer.

— C'est l'impasse, conclut Scott Marlow, très sombre ; pourquoi Colombus aurait-il volé cette bague et fixé un rendez-vous à lady Fortnam ? Elle m'a paru de bonne foi.

— Elle l'est, répondit Higgins, énigmatique.

— Je vérifierai son alibi, mais elle a probablement dit la vérité.

— C'est certain.

— Que proposez-vous ?

— Rendons visite à Suzan Colombus ; j'aimerais connaître l'endroit où elle vit.

CHAPITRE X

Suzan Colombus habitait une petite maison en brique dans une banlieue grise et triste ; toutes les demeures de la rue étroite se ressemblaient. Devant chacune, un jardinet plus ou moins bien entretenu. Une pluie fine tombait, rendant la chaussée glissante. La Bentley avait roulé courageusement ; la présence de Higgins lui donnait du cœur au ventre.

Il n'y avait pas de sonnette. Marlow frappa au carreau de la porte d'entrée ; un rideau se souleva, au premier étage. Suzan Colombus reconnut les policiers, descendit l'escalier à pas feutrés et leur ouvrit sans bruit.

— On n'a pas l'habitude de ce genre de visites, par ici. C'est un quartier tranquille et sans histoires. Entrez et ne vous faites pas remarquer.

La vieille demoiselle referma promptement la porte derrière les deux policiers.

Higgins perçut aussitôt l'odeur caractéristique d'un monde clos, figé sur lui-même ; le papier peint bon marché, une cire de mauvaise qualité, le mobilier usé à force d'avoir trop servi, l'humidité composaient un parfum peu agréable, agressif et sournois.

— Avez-vous arrêté l'assassin de mon frère ?
— Pas encore, répondit Marlow.
— On se demande à quoi sert la police. Un criminel, ça laisse quand même des traces.
— Peut-être s'agit-il d'une criminelle, observa Higgins avec un bon sourire.

Suzan Colombus ne se démonta pas.

— Peu importe. Menez-vous une enquête, oui ou non ?
— Je ne vous permets pas d'en douter, rétorqua sèchement Scott Marlow.
— En tout cas, vous m'importunez ; je suis occupée, moi.

Le chignon toujours aussi serré, vêtue d'une robe marron et chaussée de bottines montantes, la vieille fille semblait très irritée.

— Que faisiez-vous donc ? demanda Higgins, aimable.
— Ça ne vous regarde pas.
— Vous êtes pourtant une personne passionnante.

De petits yeux inquisiteurs et inquiets fixèrent Higgins.

— Qu'est-ce que ça veut dire ?
— Je suis persuadé que vous avez une passion cachée.

— On m'a trahie, c'est ça ? Le mineur retraité d'à côté, je parie ! Ça fait tellement longtemps qu'il m'observe.

— Il n'est pas responsable ; simple intuition de ma part.

— L'intuition... qu'est-ce que c'est ça ?

— Une certaine vision de la réalité.

Suzan Colombus, méfiante, cherchait à percer les intentions de Higgins.

— Vous n'avez quand même pas l'intention de perquisitionner chez moi ?

— Certainement pas.

— Mais vous aimeriez bien voir mon intérieur...

— Si vous en êtes d'accord.

— Ça veut dire que je suis suspecte ! Moi, Suzan Colombus, avoir assassiné mon frère !

— Vous ne l'aimiez guère, rappela Marlow.

— Et alors ? Si je devais tuer tous les gens que je déteste, ce serait un carnage ! Il était impossible à vivre, à cause de son mutisme.

— Ne vous donnait-il pas une partie de son salaire ?

Vexée, elle gratta le grain de beauté de sa joue gauche.

— Ah... vous avez quand même découvert ça. Ce n'est quand même pas un crime ! Qu'un frère subvienne aux besoins d'une sœur malade et pauvre, n'est-ce pas naturel ?

— Vous n'avez donc pas de revenus ?

Suzan Colombus redressa le menton.

— Je fais des travaux de couture pour le voisinage. L'argent que je touche, je ne le déclare pas au fisc. Si vous voulez m'emprisonner pour ça, allez-y! Je ne gagne pas assez. Une maison, même petite, ça coûte cher; je ne peux pas vivre en appartement. Même si mon frère m'avait proposé d'aller habiter chez lui, j'aurais refusé; j'ai besoin d'un jardin.

— Comme vous avez raison, estima Higgins; être éloigné de la terre, de l'herbe et des fleurs n'est pas facile à supporter. Vous n'avez pas de chat?

— Le dernier a été écrasé; j'ai tellement pleuré que je me suis juré de ne pas en reprendre.

— Comment s'appelait-il?

— Charly. C'était un gouttière rayé avec une tache noire sur le nez et une queue blanche; tout le monde le trouvait laid. Pas moi.

Scott Marlow estima nécessaire de revenir à l'enquête.

— Votre frère a-t-il interrompu ses versements à un moment ou à un autre?

— Jamais. J'avais droit aux trois quarts de son salaire.

— N'avait-il... aucune amie?

Elle sourit, d'une manière crispée.

— Lui? Bien sûr que si. Trois cents amies. Trois cents horloges et pendules auxquelles il pensait sans cesse.

— Ne seriez-vous pas musicienne ? interrogea Higgins.

La vieille demoiselle, touchée au cœur, rougit.

— Comment... qui...

— Pouvez-vous nous montrer votre instrument favori ?

— Je ne sais pas si...

— Vous nous feriez un immense plaisir, au superintendant et à moi-même.

Après une longue hésitation, Suzan Colombus ouvrit la porte de son minuscule salon. Au centre trônait un luth.

— Voilà, dit-elle, émue.

Higgins s'avança avec précaution. Sur les meubles vieillots, pas un gramme de poussière.

— Il est magnifique, reconnut-il.

— C'est mon seul objet de valeur.

— Qui vous a appris à en jouer ?

— Mon père. Il ne connaissait pas le solfège, mais avait un sens mélodique inné ; sans vouloir être prétentieuse, je crois que j'ai hérité de son don.

— Oserais-je vous prier de jouer pour nous ?

— Inspecteur...

Le bon sourire de Higgins encouragea la vieille demoiselle ; elle sentit qu'il ne se moquait pas d'elle. Elle prit son luth et commença à jouer une sarabande de Purcell avec un style tout à fait acceptable. Pour mozartien qu'il fût, l'ex-inspecteur-chef n'était pas sectaire et appréciait d'autres formes musicales; le talent de l'auteur de *Didon et Énée* le charmait parfois.

Marlow avait la certitude que, conformément à son habitude, Higgins suivait une stratégie subtile où, sans s'en apercevoir, le suspect livrait une information essentielle. Aussi recueilli que son collègue, il écouta ce concert, non sans plaisir; la noblesse de l'art de Purcell évoquait bien la grandeur de la civilisation britannique.

La mélodie s'éteignit.

— Il serait malséant d'applaudir, dit Higgins, mais vous méritez des louanges.

La vieille demoiselle se détourna, afin d'offrir sa bonne joue et son meilleur profil. Confuse, elle serra son luth contre elle.

CHAPITRE XI

Contrairement à l'ordinaire, le carnet noir de Higgins n'était guère rempli ; Scott Marlow, affalé sur le siège du conducteur, broyait du noir. Le printemps semblait avoir définitivement disparu, cédant le terrain à des nuages bas et sombres. L'ex-inspecteur-chef songea aux états d'âme du poète français Stéphane Mallarmé qui avait écrit, à Londres, en 1862 : « J'aime ce ciel, toujours gris, on n'a pas besoin de penser. L'azur et les étoiles effraient. On est chez soi, ici, et Dieu ne nous voit pas. Son espion le soleil n'ose y ramper. » Mais Higgins, lui, avait besoin de penser et de réfléchir.

— Cette enquête n'a pas réellement commencé, jugea Scott Marlow.

— C'est bien possible, superintendant.

— Un vieux bonhomme intègre, un marchand de Portobello en fin de carrière, une vieille demoiselle acariâtre et musicienne... Tout ça ne fait ni un crime, ni un assassin !

— Le crime est pourtant indubitable et l'assassin existe.

— Je sais, je sais... mais nous nous enfonçons dans le brouillard.

— Difficile de prétendre le contraire.

— Comment des personnages aussi obscurs peuvent-ils être mêlés à un drame aussi horrible ? Et Buckingham, Buckingham... Buckingham ! Mais voici la solution ! J'ai une piste, Higgins, une piste sérieuse !

La Bentley accepta de démarrer et consentit à fournir un maximum d'efforts pour se rendre au plus vite à Scotland Yard où, par bonheur, l'ordinateur central fonctionnait à nouveau. Le superintendant joignit ses supérieurs afin d'entamer une recherche très précise dont l'urgence lui était apparue comme un flash.

— Buckingham, expliqua-t-il à Higgins, c'est le nœud de l'affaire ! Nous avons évolué dans un cercle beaucoup trop étroit ; où se déroulait l'essentiel de la vie de Persian Colombus ? Au palais, nulle part ailleurs ! Il a pu y susciter l'inimitié d'une brebis galeuse et ce, d'une seule façon : en la faisant renvoyer.

— Très séduisant, admit Higgins.

— Une vengeance, j'en suis persuadé ! Seul un être qui assouvit une vengeance pouvait frapper un vieillard avec autant de sauvagerie.

— Votre démarche a-t-elle été autorisée par les plus hautes instances du Yard ?

— La Couronne a donné son accord ; dans quelques minutes, nous aurons la liste des employés de Buckingham qui, ces dernières années, furent obligés de quitter le palais contre leur gré.

Higgins recopia la liste sur son carnet noir :

— Rowena Grove,	femme de ménage.
— Mabelle Goodwill,	laveuse de vaisselle.
— Andy Milton,	valet de pied adjoint.
— Steve Richtowm,	bagagiste.
— Peter Steed,	employé administratif.

Tous avaient été renvoyés. Tous avaient connu l'horloger de Buckingham.

— Cinq suspects, constata Marlow avec satisfaction ; je suis persuadé, à présent, que nous allons découvrir la vérité. Nous nous trompons sans doute sur le compte de Colombus ; peut-être était-il un personnage redoutable qui a joué des tours pendables et provoqué de mortelles jalousies. Supposez un instant qu'il soit à l'origine de l'éviction d'un ou de plusieurs employés dont nous possédons l'identité ? Nous aurions le plus magnifique des mobiles !

— Superbe raisonnement, reconnut Higgins.

— Il existe d'autres hypothèses : rivalités internes, complot, violation d'un secret... Partons en quête, Higgins ! Cette fois, nous ne rentrerons pas bredouilles.

Marlow avait décidé de s'occuper en priorité du cas de Rowena Grove. Sur la liste fournie par Buckingham, dans le plus grand secret, son nom avait été souligné d'un trait rouge. Cela signifiait probablement que la femme de ménage avait beaucoup déplu.

Dernier domicile connu : un meublé de Soho, non loin du Pim's Club. En plein jour, le quartier n'était guère plus attirant que la nuit. L'immeuble, plutôt soigné, affichait un confort relatif. Une gardienne barra le passage aux deux policiers.

— On n'entre pas ici comme dans une gare ; vous cherchez un logement ?
— Scotland Yard.
— C'est pour qui ?
— Rowena Grove.
— Elle n'habite plus ici.
— Depuis combien de temps ?
— Plus d'un an.
— Connaissez-vous sa nouvelle adresse ?
— Non.
— Pouvez-vous nous fournir une piste ?

— Le petit restaurant, au coin de la rue. Elle y déjeune de temps en temps. Dites donc… elle a fait des bêtises ?

— Nous espérons que non.

Le « petit restaurant » était une infâme gargote où un cuisinier douteux vendait des pommes frites et du poisson pané qui n'était pas de la première fraîcheur et dont Trafalgar ne se serait même pas approché.

— Nous sommes notaires, déclara Higgins, et nous recherchons Rowena Grove.

Le cuisinier leva un œil glauque.

— Vous mangerez bien quelque chose ?

Scott Marlow se dévoua ; une pinte de bière fut nécessaire pour rendre plus digestes les pommes frites.

— Qu'est-ce que vous lui voulez, à Mlle Rowena ? C'est une gentille fille qui a eu assez d'ennuis comme ça. Être renvoyée de Buckingham, ce n'est pas drôle.

— Nous comptons lui remettre un document.

— Un héritage ?

Higgins ne répondit pas.

— Dans ce cas-là, marmonna le cuisinier, c'est différent… un peu d'argent, ça l'arrangerait.

— Pourquoi a-t-elle été renvoyée ?

— Elle ne veut pas en parler.

— Motif grave, à votre avis ?

— Sûrement, mais elle a sa fierté. C'est une gentille fille, mais elle est cabocharde. Une petite réflexion, et elle prend la mouche! Moi, je ne l'embête pas. Elle s'assoit là, à votre place, mange une part de poisson, deux portions de frites, boit une bière et s'en va. Deux portions... c'est ce que commandent les bons clients.

— A-t-elle retrouvé du travail?

— Des ménages par-ci, par-là... le travail, c'est pas sa passion. Mais c'est quand même une brave fille; moi, je n'accable pas les gens qui ont des malheurs.

— Vit-elle seule?

— Je ne l'ai jamais vue avec un homme. Bien sûr, ce n'est pas une star, Rowena, mais pas un laideron non plus. La malchance, je vous dis; quand elle vous colle à la peau, pas moyen de s'en débarrasser. Ceux qui ont de la chance, ils devraient en donner un peu aux autres. Le monde est mal fait.

Higgins paya très largement.

— Gardez la monnaie.

Le regard du cuisinier s'illumina.

— Ben ça... c'est mon jour de chance! Il faut dire que je venais de changer l'huile; je le ferai plus souvent, à l'avenir.

— Où habite Mlle Grove?

Le cuisinier se gratta la tête.

— Dans les docks. Pas facile à indiquer.

— Un petit dessin?

— Ça, d'accord!

Higgins lui présenta le carnet noir, ouvert à une page vierge.

CHAPITRE XII

Les docks abandonnés formaient une zone interdite où ne pénétraient que quelques rares initiés. La pluie et le ciel gris rendaient plus sinistres encore les bâtiments éventrés, les fenêtres brisées et les poutrelles rouillées. Un brouillard tenace et gluant s'accrochait aux façades de brique noircie. Le moindre bruit résonnait, comme si des insectes géants se heurtaient à des plaques de métal tombées de grues agonisantes.

— C'est là ? demanda Marlow.
— D'après le plan, répondit Higgins, il faut suivre cette rue sans nom, passer entre deux entrepôts, franchir un dépotoir et nous serons arrivés.
— Ce maudit cuisinier s'est moqué de nous.
— Vérifions.
— Entendu.

Marlow n'était pas un homme à reculer. Bien qu'il eût horreur du sang, il ne manquait pas de courage. Quant à Higgins, il avait appris en Orient à maîtriser sa peur. Juguler ses émotions ne faisait-il pas partie des premiers devoirs d'un enquêteur ?

Le cuisinier avait un bon coup de crayon et appréciait correctement les distances : l'ex-inspecteur-chef n'hésita pas une seule fois sur la direction à prendre. Au-delà du dépotoir se dressait bien un immeuble lépreux de trois étages.

Au premier et au second, de la lumière.

— J'éprouve une sensation désagréable, avoua Marlow.

— Croiriez-vous à un piège ?

— Quelque chose comme ça.

— Pourquoi attenterait-on à nos personnes ? Nous enquêtons sur la disparition d'un simple horloger.

— Non, Higgins : l'horloger de Buckingham. Peut-être avons-nous soulevé le couvercle d'une marmite de sorcières.

— En ce cas, ne prenons pas de risques inutiles.

— Je passe le premier.

— Certainement pas, mon cher Marlow ; vous êtes plus jeune que moi et votre carrière est devant vous.

— Mais enfin, Higgins...

— Si tout va bien, je vous adresserai un signe par une fenêtre et vous me rejoindrez.

Une ampoule nue et couverte de poussière

éclairait mal un hall délabré. La peinture s'écaillait, les lattes du parquet étaient disjointes.

Higgins tendit l'oreille et ne perçut aucun bruit, comme si l'immeuble dormait.

Les marches de l'escalier branlant grinçaient à souhait ; l'ex-inspecteur-chef progressa lentement et répartit le poids de son corps de manière à être le plus silencieux possible. Parvenu au palier du premier étage, il perçut un ronflement.

Sur la porte, un carton punaisé : *Grove*.

L'ex-inspecteur-chef frappa. N'obtenant pas de réponse, il tourna une poignée grasse, prête à s'effondrer.

L'unique pièce, crasseuse, était presque vide.

Dans un angle, une armoire en bois blanc ; près de la fenêtre, un matelas. Sur le matelas, une femme dormait. Près de sa tête, un aquarium rectangulaire où évoluaient des poissons rouges. Derrière lui, une pile de journaux.

S'introduire dans la chambre d'une femme sans y avoir été invité, de manière plus ou moins explicite, posait toujours problème. Higgins, constatant que l'occupante du lieu était vêtue d'une robe rouge et d'un corsage noir, se permit de toussoter pour signaler sa présence. La dormeuse ne se réveilla pas.

Il ouvrit la fenêtre et fit un signe de la main à Marlow qui, soulagé, se hâta de rejoindre son collègue.

— J'ai froid, se plaignit la femme en se tournant sur le côté.

L'ex-inspecteur-chef ferma la fenêtre.
— Pardonnez-moi. Inspecteur Higgins, de Scotland Yard.

Les deux derniers mots rendirent conscience à la dormeuse qui s'éveilla pour de bon et se redressa sur son matelas.

— Qu'est-ce que vous avez dit ?
— Êtes-vous Rowena Grove ?

La femme se leva d'un bond et courut vers la porte du taudis. Elle se heurta à Scott Marlow qui lui barra le passage.

— Tentative de fuite, si je ne m'abuse !

Paniquée, Rowena Grove tenta d'ouvrir la fenêtre, Higgins lui saisit le poignet.

— Pas de folie, je vous en prie.

Elle recula, furieuse. Rowena Grove, âgée d'une cinquantaine d'années, était grande et bien bâtie. La misère avait abîmé ses traits, mais une abondante chevelure rousse lui donnait encore une allure d'amazone farouche et guerrière.

— Vous ne m'attraperez pas.

De son corsage, elle sortit un couteau à cran d'arrêt.

— Reculez, ordonna-t-elle, ou je vous troue le ventre !

Ni Higgins ni Marlow ne prirent la menace à la légère ; la grande rousse semblait décidée à agir.

Le superintendant poussa la porte qui se ferma avec un claquement sinistre.

— Lâchez cette arme, mademoiselle.

— N'y comptez pas.
— Vous n'avez aucune chance de vous échapper.
— Détrompez-vous.
Elle fit un pas vers Marlow ; Higgins s'interposa.
— La violence ne vous mènera nulle part.
— Si, dehors ! Je ne veux pas être enfermée !
— Nous ne voulons pas vous arrêter, mais vous interroger.
— Je ne vous crois pas.
Le bras armé se leva ; la pointe du couteau s'orienta vers le cœur de Higgins. Ce dernier demeura immobile. Il ne craignait pas la mort ; un jour, lors d'une enquête, elle serait victorieuse.
— Vous avez tort, dit-il avec calme. Si vous êtes innocente, si vous répondez sincèrement à nos questions, vous ne serez pas inquiétée. Je vous en donne ma parole.
Le couteau hésita.
La main de Rowena Grove s'ouvrit ; l'arme tomba sur le plancher.

CHAPITRE XIII

Rowena Grove, très abattue, retourna s'asseoir sur son matelas.
— Encore une idiotie. Je les accumule.
Elle se cacha la tête dans ses mains.
— Mes seuls amis, ce sont ces poissons rouges. Eux, au moins, ils n'ont rien à me reprocher. Je leur raconte sans cesse ma vie, j'invente celle dont je rêve, et ils ne me contredisent jamais.
— Ils sont sympathiques et en bonne santé.
Rowena Grove regarda Higgins.
— Vous les aimez?
— Nous pourrions nous entendre.
Le visage de la femme se détendit.
— L'humanité n'aime pas les poissons, elle a tort. Si elle savait se taire, comme eux, tout le monde serait heureux.
Scott Marlow ramassa le couteau et le mit dans sa poche; Higgins, bras croisés derrière le dos, contempla le bocal.

— Vous avez travaillé à Buckingham, mademoiselle.
— Oui, pendant quelques mois.
— À quel poste ?
— Femme de ménage du sous-sol.
— Un emploi agréable ?
— Plutôt dur. J'ai trop parlé, comme d'habitude.
— Avez-vous protesté ?
— C'est ça. J'ai exigé des améliorations, des horaires moins pénibles, davantage de considération de la part de mon supérieur. Exorbitant, bien sûr. Une remontrance, un avertissement, un blâme... et la porte !
— Un drame ?
— Un drame, oui, le plus terrible des drames ! Travailler à Buckingham Palace était un rêve d'enfant... et je l'ai brisé moi-même ! Il m'aurait suffi de me taire, de me tenir à ma place, de faire discrètement mon travail et je serais restée au palais jusqu'à l'âge de la retraite.

Higgins feuilleta l'un des magazines que conservait précieusement l'ex-femme de ménage. Il était entièrement consacré à la famille royale, aux potins qui couraient sur elle, à ses multiples activités ; de nombreuses photos montraient les membres de la famille en action, depuis les cérémonies officielles jusqu'aux inaugurations d'hôpitaux.

— Aimez-vous la reine ?

— Je la vénère, elle, son père et ses enfants. Sans la reine, l'Angleterre serait un pays banal et gris, sans génie ni noblesse.

Scott Marlow fut ému par cette déclaration enflammée ; cette pauvre femme n'était pas aussi méchante qu'elle en avait l'air.

— L'avez-vous approchée ? demanda-t-il.

— Je l'ai aperçue, deux fois ; ce sont mes plus beaux souvenirs.

Higgins examina la pile de magazines ; tous étaient consacrés au même thème.

— Avez-vous connu Persian Colombus ?

— Ce nom m'est inconnu.

— L'horloger de Buckingham vous serait-il plus familier ?

— Ce vieux bonhomme, avec son trousseau de clés, qui apparaissait et disparaissait sans faire le moindre bruit, comme un fantôme ?

— Lui-même. Avez-vous eu l'occasion de parler avec lui ?

— Impossible.

— Pourquoi ?

— Parce qu'il n'ouvrait jamais la bouche, à ce qu'on disait. Moi, il me faisait peur.

Higgins inspecta la misérable pièce, comme si elle cachait quelque trésor.

— Que racontait-on sur lui ?

— Qu'il pouvait entrer à l'improviste dans n'importe quelle pièce du palais pour y vérifier une pendule.

— Ne parlait-on pas d'une fortune cachée ?

— Non... vraiment pas ! Une rumeur comme celle-là aurait vite fait le tour du palais. Pourquoi me questionnez-vous sur son compte ?

— Parce qu'il est mort assassiné.

— Ce vieux bonhomme ? Mais c'est absurde ! Qui pouvait lui en vouloir à ce point ?

Scott Marlow insista.

— N'aurait-il pas été au centre d'un scandale, à Buckingham ?

Rowena Grove se renfrogna.

— Ce ne sont pas mes affaires.

— Pourriez-vous ouvrir cette armoire ? demanda Higgins.

L'ex-femme de ménage se précipita pour faire un barrage de son corps.

— Partez ! Vous m'avez interrogée, j'ai répondu. C'est fini !

— Que cachez-vous ? interrogea Marlow, sévère.

— Des vêtements, des souvenirs ; aucun rapport avec votre enquête.

— Nous en jugerons, mademoiselle ; ouvrez, ou je vous arrête pour dissimulation de preuves.

— De preuves ? De preuves de quoi ?

Le regard accusateur du superintendant déclencha la panique de Rowena Grove.

— Vous n'allez quand même pas m'accuser de meurtre ! Je ne connaissais pas cet horloger, je n'avais aucune raison de le supprimer.

— Ouvrez donc ce placard.
Elle s'écarta, nerveuse.
— La clé, exigea Marlow.
— Dénichez-la vous-même.

Higgins se pencha sur une latte de couleur plus claire que ses voisines.

— Elle doit être ici.
— Non ! hurla Rowena Grove. Elle m'appartient !

Marlow la saisit par les épaules.

— Tenez-vous tranquille, à présent.

Higgins sortit la clé de sa cachette et ouvrit le placard.

À l'intérieur, quelques vêtements usagés, des boîtes de conserve, des bouteilles de bière et un superbe tablier blanc.

— N'y touchez pas, implora-t-elle ; je le portais à Buckingham. Pour moi, c'est la plus sacrée des reliques.

L'ex-inspecteur-chef se pencha ; au fond du meuble se trouvait une boîte à chaussures. Au moment où il souleva le couvercle, Rowena Grove tenta de l'en empêcher. Mais la poigne de Marlow la retint.

Higgins découvrit une minuscule fiole en cristal contenant un peu d'eau, et sur laquelle était inscrite une date : 10 février 1841.

CHAPITRE XIV

Malcolm Mac Cullough, écossais, commissaire-priseur de premier plan, érudit hors pair, habitait dans une grande demeure du Nord de Londres où s'entassaient livres, catalogues, statues, stèles, vases et des centaines de pierres anciennes de taille et d'origine diverses. Grand connaisseur de l'Antiquité dite païenne, ennemi des cuistres et des faux savants au petit pied, plus préoccupés d'honneurs que de recherches, il travaillait la nuit et dormait le jour. Depuis quelques mois, il se passionnait pour les hiéroglyphes égyptiens après avoir appris l'akkadien, l'hébreu et le chinois. Quand on sonna à sa porte, vers dix-huit heures, il venait de se lever.

— Higgins! Cette vieille canaille dans mes murs... et tu m'as amené le superintendant Marlow! Ça doit être grave.

— C'est le moins que l'on puisse dire, grommela Marlow.

— J'ai de quoi vous réconforter; entrez donc.

Malcolm Mac Cullough, qui appartenait depuis toujours au cercle des amis de Higgins, avait une fâcheuse tendance à croire en ses dons de pâtissier. En échange de son aide technique, il invitait l'ex-inspecteur-chef à déguster ses créations qui représentaient toutes de graves menaces pour le foie.

Mac Cullough écarta quelques piles de dictionnaires qui encombraient son salon et dégagea deux sièges.

— Je viens de terminer un soufflé à la framboise additionné de fromage blanc et d'un dé à coudre d'alcool de rose ; à mon avis, c'est fameux, même si la croûte est un peu épaisse.

— Cette recette est sans doute extraordinaire, observa Higgins, mais j'aimerais te consulter d'abord sur cet objet énigmatique.

— L'arme du crime ?

— *A priori*, non ; mais sait-on jamais ?

— Très excitant... une fiole en cristal du début du dix-huitième siècle, fabriquée en France par un maître dijonnais. Tiens, une date ! 10 février 1841... curieux. Patiente quelques instants.

Mac Cullough consulta un traité en douze volumes, consacré aux fioles, ampoules et flacons, et se plongea dans une histoire de la monarchie anglaise pour vérifier son hypothèse.

— Un bien étrange objet, annonça-t-il. D'où provient-il ?

— Nous l'avons trouvé du côté des docks,

répondit Higgins, mais ce n'est probablement pas son lieu d'origine.

— Tu as raison. Le 10 février 1841 est la date du baptême de Victoria Adélaïde.

Le superintendant eut la gorge serrée.

— Le premier enfant de la reine Victoria ?

— Exactement.

— Mais bien sûr ! s'exclama Marlow. Ce flacon a été utilisé lors du baptême et il contient de l'eau du Jourdain !

— Remarquable, superintendant. Ce n'est peut-être pas le chef-d'œuvre le plus essentiel de l'histoire de la verrerie, mais il appartient à notre patrimoine.

— Nous n'avons plus une minute à perdre.

Malgré la pluie battante, l'opération de police fut rondement menée. Sous les ordres de Scott Marlow, cinq véhicules de Scotland Yard investirent les docks. Une vingtaine de policiers aguerris encerclèrent l'immeuble où habitait Rowena Grove ; deux d'entre eux grimpèrent quatre à quatre l'escalier, espérant profiter de l'effet de surprise. Mais le taudis était vide.

L'ex-femme de ménage avait emporté ses revues et laissé ses poissons rouges. Au pied du bocal, un message : « S'il vous plaît, nourrissez-les bien. »

Le locataire du second étage, un sourd-muet, ne fut d'aucune utilité.

— Elle a pris la fuite, déclara Marlow, amer.
— Elle n'ira pas très loin, estima Higgins.
— Avec ce genre de criminelle, on n'est sûr de rien.
— Le dispositif habituel est-il en place?
— Je l'ai fait renforcer. Rowena Grove ne franchira pas les frontières. Grâce à votre dessin, son signalement a été transmis à toutes les forces de police.
— Ne soyez pas aussi tendu, mon cher Marlow; nous tenons l'objet du délit.
— C'est contre mes principes, Higgins, mais je n'en ferai pas mention dans mon rapport. Rapportez cette fiole à Buckingham Palace. Jamais on ne parlera de ce vol abominable.
— Quel sera le motif de l'arrestation de Miss Grove?
— Meurtre. Tout est clair, à présent; elle a agi avec la complicité de l'horloger, qui a lui-même volé une bague et sans doute d'autres trésors, puis s'est débarrassé d'un témoin gênant. Sa fuite est le plus éclatant des aveux. Vous verrez: elle ne niera rien.

La Bentley s'arrêta devant le domicile de lady Fortnam. Marlow avait pris rendez-vous par téléphone, obligeant l'aristocrate à rater un cocktail très habillé. Aussi reçut-elle les policiers avec une distinction contrariée.

— Pourquoi cette urgence, messieurs ?

— Nous venons de démanteler un gang.

— Chacun son travail. Le mien est de me rendre aux réceptions auxquelles je suis invitée.

— Pardonnez-nous ce désagrément, mais votre témoignage pourrait nous être précieux.

— Je vous écoute, dit-elle avec impatience.

— Connaissez-vous une dénommée Rowena Grove ?

— Non.

— Pourtant, elle travaillait à Buckingham Palace.

— À quel poste ?

— Femme de ménage du sous-sol.

Lady Fortnam haussa légèrement les épaules.

— Comment une femme de ma condition pourrait-elle fréquenter des personnes d'une classe aussi inférieure ? Vous me faites perdre mon temps, superintendant.

— Il s'agit d'un vol et d'un crime. Vous auriez pu...

Les yeux de l'aristocrate lancèrent des éclairs.

— N'insistez pas.

CHAPITRE XV

Higgins avait passé une nuit paisible à l'hôtel Phœnix, même si le calme apparent de la ville n'était qu'une pâle copie de celui de la campagne. Comment ne pas regretter le parfum de la forêt, la douceur des petits matins pluvieux, la suavité des confitures qu'il préparait lui-même et la caresse de la queue de Trafalgar venant quémander, avec une élégance suprême, son premier repas ?

Les événements s'enchaînaient, les pistes se multipliaient et, cependant, rien ne bougeait. L'ex-inspecteur-chef se sentait désarmé et se refusait à édifier une théorie quelconque qui eût occulté un minime détail, susceptible de le mettre sur la voie.

Après avoir réconforté Scott Marlow, fort marri de l'attitude de lady Fortnam, l'ex-inspecteur-chef avait élaboré avec son collègue un plan de travail pour la journée à venir. Puisque le Yard avait trouvé l'adresse des quatre autres personnes renvoyées de Buckingham, il fallait les interroger sans tarder.

La vieille Bentley, qui n'aimait guère les déplacements intensifs en ville, commençait à renâcler; sans la présence de Higgins, elle serait probablement tombée en panne. La pluie avait cessé, le vent faiblissait et les nuages pommelés laissaient passer quelques rayons d'un soleil printanier.

Scott Marlow paraissait très contrarié.

— J'ai passé une nuit blanche, révéla-t-il.

— Rowena Grove a-t-elle été interpellée?

— Pas encore; j'ai moins songé à elle qu'à cette lady. Elle va ruiner ma réputation.

— Seuls les êtres de qualité ont des ennemis, mon cher Marlow. Ne craignez pas le blâme et n'écoutez pas la louange.

— Elle possède une langue de vipère et saura s'en servir. Si la reine...

— Ne vous tourmentez pas inutilement; j'ai parfois le bonheur de pouvoir rétablir la vérité.

— Higgins, vous feriez ça, vous...

— D'autant plus aisément que le superintendant Marlow aura identifié l'assassin de l'horloger de Buckingham.

— Vous avez raison : je n'ai pas le droit de me laisser aller.

Le superintendant accéléra en vain : la vieille Bentley garda son rythme de croisière.

*
**

Mabelle Goodwill, à la surprise des deux hommes, habitait un superbe immeuble de Bickenhall Street, non loin de Baker Street où avait résidé Sherlock Holmes. La façade, en belles briques rouges, ondulait comme une vague ; les bow-windows étaient soulignés par des lignes en pierre de taille. Sous les grandes fenêtres du premier étage, des balconnets en fer forgé peints en bleu. L'entrée de l'immeuble était particulièrement majestueuse, cinq marches menaient à une lourde porte en bois sombre, surmontée d'un balcon de pierre. De part et d'autre, des cercles en pierre évidés pour figurer des trèfles à quatre feuilles.

— Il doit s'agir d'une erreur, estima Marlow ; d'après nos indications, Mabelle Goodwill ne touchait qu'un petit salaire.

— Vérifions.

Le nom de « Goodwill » figurait bien sur la liste des résidents, avec l'indication « troisième étage ».

Ce fut une femme charmante, châtain aux yeux verts, ravissante dans son ensemble bleu pâle, qui ouvrit aux deux hommes.

— À qui ai-je l'honneur, messieurs ?

— Superintendant Marlow et inspecteur Higgins.

— Mon Dieu ! Un malheur est-il arrivé ?

— Rassurez-vous, dit Higgins.

— Ah... mais pourquoi ?

— Nous avons besoin de votre témoignage.
— Bien volontiers... entrez donc.

L'appartement de Mabelle Goodwill était une délicieuse bonbonnière où se mêlaient les couleurs les plus chatoyantes; épaisse moquette de laine vert pâle, tapisseries murales, coussins chamarrés, meubles de style Tudor, quantité de photographies de paysages anglais et d'intérieurs de châteaux créaient une atmosphère intime et chaleureuse.

— Du thé ou du café?
— Du café, répondit promptement Higgins.

Une fois de plus, il échappait à l'épreuve suprême; comment avouer qu'il était le seul Anglais à détester le thé? Par chance, ce lourd secret demeurait bien gardé.

Marlow, fatigué, s'assit dans un fauteuil si moelleux qu'il dut lutter contre une envahissante torpeur. Higgins, armé de son crayon fraîchement taillé et de son carnet noir, fit des croquis et prit des notes.

Pimpante, vive et rieuse, Mabelle Goodwill réapparut avec un plateau en nacre supportant une cafetière en argent massif et des tasses en vermeil.

— Je vous ai préparé un arabica qui satisfait le palais des amateurs les plus exigeants. Rédigeriez-vous un rapport, inspecteur?

— De simples indications, mademoiselle; c'est une vieille manie. Comme je n'ai aucune mémoire, je confie mes observations au papier. Permettez-moi de vous féliciter pour votre goût exquis.

Elle rosit.

— J'ai tout arrangé moi-même, confessa-t-elle. Un sucre ?

— Pas pour moi.

Le café était une merveille.

— Vous évoquiez... mon témoignage ?

— Vous avez bien travaillé à Buckingham Palace ?

— Pendant une courte période, en effet.

— Quelle était votre fonction ?

— Je lavais des pièces de vaisselle précieuse, celle qui n'est utilisée que dans les grandes occasions. Mes références antérieures m'avaient permis d'obtenir ce poste.

— Pourquoi l'avoir quitté ?

— On m'a gentiment demandé de partir.

— Aviez-vous commis une faute ?

Elle éclata de rire.

— Le terme est faible ! J'ai cassé deux assiettes historiques et une soupière irremplaçable. En moins d'un mois, le score était lourd.

— Maladresse coutumière ?

— Pas du tout, inspecteur ; c'étaient les premiers drames de ma carrière.

— Une explication ?

— Vous ne me croiriez pas.

— Qui sait ?

— Eh bien... Je crois que j'ai été envoûtée.
— Connaissez-vous le coupable ?
— Un vieux bonhomme, chargé de mettre à l'heure les horloges et les pendules du palais. Il se déplaçait sans bruit, apparaissait et disparaissait comme un fantôme, ne prononçait pas un seul mot. Comme il me faisait peur ! Un soir, j'ai croisé son regard et j'ai failli m'évanouir ; une heure plus tard, j'ai lâché la soupière.
— Des bruits circulaient-ils sur son compte ?
— À la cuisine, j'étais bien placée pour les entendre. Non, aucun bruit.
— Une fortune cachée, par exemple ?
Elle rit à nouveau.
— Si vous l'aviez connu ! Ce n'était qu'une ombre, une incarnation de l'autre monde ; personne, paraît-il, n'a jamais entendu le son de sa voix. Et moi, j'ai la preuve que cet horloger devait être un spectre : lorsque les clés de son trousseau s'entrechoquaient, elles n'émettaient aucun son.
— J'ai malheureusement la preuve du contraire.
Les yeux mutins chavirèrent.
— Je ne comprends pas.
— L'horloger de Buckingham, Persian Colombus, a été assassiné.

CHAPITRE XVI

La frayeur de Mabelle Goodwill ne semblait pas feinte.
— Vous... vous voulez me faire peur!
— Hélas! mademoiselle, c'est la vérité. Une horrible vérité.
— Comment... comment est-ce arrivé?
— On l'a assassiné à coups de poing, répondit Marlow d'une voix grave. Un crime d'une sauvagerie inouïe.

L'ex-laveuse de vaisselle précieuse sécha ses larmes.
— Qui?
— C'est la question qui nous obsède, indiqua le superintendant; soyez certaine que nous y répondrons.
— Mon Dieu! s'exclama-t-elle; et moi qui vous parle de lui comme d'un envoûteur! Vous allez... vous allez me soupçonner!
— Ce serait un peu mince, estima l'ex-inspecteur-chef.

— Il me faisait peur, poursuivit-elle, mais je ne le haïssais pas. Vous ne m'imaginez pas en train de frapper un homme ?

Ni Higgins ni Marlow ne répondirent.

— Connaissiez-vous ces personnes ? demanda le superintendant en lui présentant la liste où figuraient les quatre autres ex-employés de Buckingham.

Mabelle Goodwill lut avec attention.

— Non, superintendant... vraiment non. De qui s'agit-il ?

— D'ex-employés du palais, comme vous.

— Peut-être les ai-je croisés, mais je ne m'en souviens pas. En tout cas, nous n'avons eu aucun contact.

— Lady Fortnam fait-elle partie de vos relations ? interrogea Higgins.

— Je n'ai pas l'honneur de la fréquenter ; son nom même m'est inconnu.

— Elle travaillait pourtant pour Buckingham, elle aussi.

— Comme des centaines de gens, inspecteur ! Je vous le répète : j'ai séjourné fort peu de temps au palais et n'ai pas eu le loisir d'y nouer des amitiés.

— Regrettez-vous cette période ?
— Pas du tout.

Scott Marlow fut choqué.

— Un tel honneur, pourtant...

— Le cadre ne me plaisait pas ; une étiquette trop rigide me contrarie. J'ai besoin de liberté.

— L'avez-vous obtenue, après votre malheureuse expérience ?

— D'une certaine manière, inspecteur. Excusez-moi, j'ai besoin d'un remontant. Un peu de cognac ?

Higgins et Marlow déclinèrent l'offre, le premier à cause de son foie, le second parce qu'il préférait le whisky.

Mabelle Goodwill but cul-sec le contenu d'un petit verre ballon.

— Après toutes ces émotions, j'en avais besoin. On n'est pas souvent mêlée à un crime. Oh ! J'ai encore eu un mot malheureux ! Vous me pardonnez ?

Higgins sourit, bonhomme.

— La situation est si particulière... Êtes-vous mariée ?

— Oh non !

— Fiancée ?

— Pas davantage.

— N'est-ce pas votre désir ?

Elle se dandina.

— Je ne sais pas. C'est une aventure si périlleuse ! Je suppose que toute femme désire être mariée et avoir des enfants, mais je n'ose pas m'interroger moi-même.

— Vous vivez donc seule.

Elle regarda ses pieds.

— Quel est votre emploi actuel ?

— Eh bien... aucun.

Scott Marlow bondit sur l'occasion.
— Seriez-vous au chômage?
— Non, pas précisément.
— Je suis obligé d'être indiscret, mademoiselle; de quelles ressources disposez-vous?

Mabelle Goodwill parut très détendue.

— Il n'y a aucun mystère, superintendant; après avoir été renvoyée de Buckingham, j'ai eu la chance d'hériter d'un cousin du Norfolk.

Marlow s'apprêtait à demander le nom du susdit lorsque Higgins l'interrompit.

— Un parent très proche?
— Un homme exquis et très généreux.
— Une perte douloureuse, je suppose?
— Très.
— Acceptez nos condoléances tardives, mademoiselle.

Elle inclina la tête, en guise de remerciement. Higgins se leva et, lentement, fit une nouvelle fois le tour de la bonbonnière.

— Vraiment ravissant, conclut-il. Une dernière question : après votre licenciement, avez-vous revu l'horloger de Buckingham?

— Oh non! Si je l'avais croisé, je me serais enfuie.

— Nous en avons terminé, mademoiselle.
— Ravie de vous avoir connu, inspecteur.
— Moi de même.

Marlow vida sa troisième tasse de café; cette fois, il était réveillé.

*
**

— Pourquoi m'avez-vous empêché de demander le nom du cousin du Norfolk ? interrogea le superintendant en démarrant.

— Parce qu'une autre stratégie s'impose ; faites surveiller le domicile de Mabelle Goodwill en permanence. Dès qu'un homme bien habillé, distingué et d'apparence fortunée montera chez elle, qu'on vous prévienne immédiatement.

Comme Higgins ne tenait pas à en dire plus, Marlow évita de le questionner. Il connaissait trop bien son collègue pour savoir que nul ne parviendrait à le faire parler contre son gré.

CHAPITRE XVII

Cromwell Road n'était pas une rue très réputée. Beaucoup de Londoniens la jugeaient sale et rébarbative ; mais Marlow éprouvait une certaine tendresse pour une maison victorienne à quatre étages, ornée de sculptures pompeuses, noircies depuis longtemps. Elle avait dû abriter un notable, heureux d'afficher sa bonne fortune en faisant édifier une façade grandiloquente.

C'était là, au second étage, qu'habitait Andy Milton, ex-valet de pied adjoint de Sa Majesté.

Âgé d'une trentaine d'années, racé, les cheveux et les yeux très noirs, il ouvrit au troisième coup de sonnette.

— Messieurs ?

L'homme portait la livrée rouge et noir, son costume de fonction lorsqu'il officiait à Buckingham Palace. Impressionné, Marlow fit les présentations d'une voix hésitante.

— Scotland Yard ? Bizarre. L'immeuble est parfaitement tranquille.

— C'est vous que nous désirons interroger.
— Comme ma tenue vous le prouve, je suis un honorable sujet de Sa Gracieuse Majesté et n'ai rien à me reprocher. Qu'aurions-nous d'autre à nous dire ?
— Deux ou trois petites choses, insista Higgins.
— En ce cas, entrez.

Un couloir étroit, peint en orange, conduisait à un living-room confortable et modeste où trônait une commode victorienne. L'endroit ne respirait ni le luxe, ni la misère. Il y régnait une puissante odeur de lavande que les narines de Higgins humèrent aussitôt.

Andy Milton s'en aperçut.
— J'espère que vous appréciez.
— Lavande traditionnelle de chez Yardley ?
— Exactement ; je ne peux plus m'en passer depuis que j'ai eu l'honneur, à deux reprises, de pulvériser cette même lavande dans les couloirs et les pièces qu'allaient traverser les invités à un dîner royal. Ce soir-là, on jouait *Welcome to all the pleasures* de Purcell et l'on chantait les si beaux vers de Finburn : « Bienvenue à tous, plaisirs qui réjouissez de chacun de nous l'appétit reconnaissant ; salut, splendide assemblée de la race d'Apollon, qui êtes reçus en cette heureuse demeure. »

L'ex-valet de pied, en revivant ces moments merveilleux, oubliait la présence des deux policiers.

— Hmmm, fit Scott Marlow, ému ; nous aimerions vous interroger.

Andy Milton sortit de son rêve.

— Où avais-je la tête ? Asseyez-vous, je vous prie. Porto ou whisky ?

Le superintendant opta pour la seconde solution. Avec une distinction très professionnelle, l'ancien pensionnaire de Buckingham servit un Johnnie Walker, fournisseur de la Couronne, *by appointment to Her Majesty the Queen.*

— Pourquoi avez-vous quitté Buckingham ? demanda Higgins, concentré.

L'ex-valet de pied adjoint contint un soupir.

— Un drame, inspecteur, que dis-je, une tragédie ! Être engagé à Buckingham, servir la reine, n'est-ce pas le but suprême d'une existence ?

Marlow approuva d'un hochement de tête.

— Puis-je m'asseoir ? demanda Milton. Ça m'ennuie de me comporter ainsi, mais je n'ai plus mes jambes. Depuis que j'ai quitté le palais une lassitude permanente s'est emparée de moi.

— Vous a-t-on renvoyé ? interrogea Higgins en sortant de sa poche crayon et carnet.

Le bel Andy se haussa du col.

— Je n'ai pas été renvoyé. Je suis parti de moi-même.

— C'est un peu contradictoire, nota l'ex-inspecteur-chef ; d'un côté, vous adorez votre métier, de l'autre vous démissionnez.

Andy Milton tira sur sa livrée pour éviter de la froisser.

— J'admets le caractère délicat de la situation. Me permettez-vous de m'expliquer ?

— Nous vous y convions.

— En ce cas, je ne vous cacherai rien ; vous êtes mon premier confident depuis la catastrophe, inspecteur. C'était une journée d'hiver froide et humide ; elle avait pourtant bien commencé puisque j'avais été chargé de promener dans le parc l'un des corgis de Sa Majesté. Il m'a mordu les chevilles à deux ou trois reprises, mais il faut bien que ces petites bêtes s'amusent.

Marlow constata, avec satisfaction, que la Couronne pouvait encore compter sur d'authentiques serviteurs, oublieux de leurs intérêts personnels.

— Au retour de la promenade, j'ai croisé une superbe jeune femme, vive, légère et mutine. Elle m'a adressé un regard enjoué, j'ai répondu. Bien sûr, j'aurais dû passer mon chemin avec indifférence... Mais elle était vraiment très jolie. J'ai réussi, deux jours plus tard, à connaître sa fonction. La contacter me fut facile ; nous avons sympathisé... beaucoup sympathisé. La rumeur ne nous a pas épargnés ; à Buckingham, les liaisons entre serviteurs sont formellement déconseillées. La mise en garde qui me fut adressée me parut injuste et déplacée ; aussi ai-je émis une protestation officielle. Ce fut une grave erreur, je le reconnais ; il ne me restait plus qu'à partir, sans tambour ni trompettes. J'ai tout de même réussi à garder cette livrée, le plus beau des souvenirs.

L'ex-valet de pied adjoint se servit un whisky bien tassé.

— Comment s'appelait cette jeune femme ? demanda Higgins.

— La décence m'interdit de vous livrer son nom, inspecteur.

— Cette délicatesse de sentiment vous honore, M. Milton ; je sais qu'il s'agit de Mabelle Goodwill.

L'homme aux yeux noirs sursauta.

— Vous êtes un sorcier !

— Dans les circonstances présentes, non ; une simple déduction à partir de votre description.

— Auriez-vous rencontré Mabelle ?

— En effet.

— Ça alors... elle avait disparu ! J'ai appris son départ de Buckingham par un de mes confrères. Lorsque je me suis rendu à son appartement, personne ! Pas un mot, plus aucun signe de vie. Quel fiasco !

— Vous devez la détester, suggéra Marlow.

— Même pas. L'erreur, c'est moi qui l'ai commise, pas elle ; elle a dû me prendre pour un bel idiot et elle a eu raison. Comment est-elle, aujourd'hui ?

— Charmante, répondit Higgins.

— Ça ne m'étonne pas. Le plus inflexible des archevêques serait tombé dans ses filets.

— De quoi vivez-vous, à présent ?

— Je suis livreur de lait. Ce n'est pas brillant, je le reconnais, mais un ex-valet de pied adjoint de Sa Majesté ne peut pas servir n'importe quel maître. Lorsque j'aurai trouvé une maison de qualité, suffisamment noble, je reprendrai mes anciennes activités.

Andy Milton regarda sa montre, puis jeta un œil à la pendule du salon.

— Excusez-moi, dit-il en se levant.

Avec des gestes précautionneux, il remit la pendule à l'heure.

— Elle retardait d'une minute et j'ai horreur de l'inexactitude. Au service de la reine, une seconde est une seconde. À propos, inspecteur, pourquoi êtes-vous venu me voir ?

— Connaissez-vous Rowena Grove, Steve Richtown et Peter Steed ?

Milton se gratta le menton.

— Grove, non ; Richtown, non plus. Peter Steed... N'a-t-il pas travaillé aux écuries de Buckingham ?

— Exact.

— J'ai discuté avec lui une ou deux fois, en effet.

— À quel sujet ?

— Le meurtre.

CHAPITRE XVIII

Scott Marlow sursauta.
— Le meurtre ! Qu'est-ce que ça signifie ?
— Un thème qui nous passionnait, Steed et moi ; au détour de la conversation, nous nous sommes aperçus que nous avions lu quantité de romans policiers et suivi en détail toutes les grandes affaires criminelles. Nous avons même une idée précise sur l'identité de Jack l'Éventreur, mais comme notre principal suspect est lié à Scotland Yard, je ne sais pas si...
— Ce ne sera pas nécessaire, indiqua Marlow.
— J'aurais aimé être policier, avoua Andy Milton ; votre existence est si palpitante !
— D'où vous vient cet intérêt pour les meurtres ? demanda Higgins.
La question prit Milton au dépourvu.
— C'est inné.
— De même pour M. Steed ?
— Nous n'avons pas eu le temps de creuser la question, à cause de ma démission.

— Et vous n'avez pas eu l'occasion de vous revoir ?

— Je le déplore.

— Où vous trouviez-vous, dimanche dernier ?

— Laissez-moi réfléchir... Je n'ai pas quitté mon appartement. Je me suis levé tard, vers dix heures cinq ; je me suis préparé un solide breakfast, avec des œufs brouillés, du bacon, de la confiture d'orange et des toasts. Ensuite, j'ai repassé un pantalon, des chemises et nettoyé ma livrée. Avant un déjeuner léger, composé de sandwiches au thon et à la salade, j'ai lu les premiers chapitres d'un roman policier traduit du français. Après le repas, je me suis adonné aux plaisirs de la sieste. Vers seize heures, j'ai savouré un thé léger de chez Twinning, des scones et une tartine de miel ; j'ai repris mon roman et à dix-neuf heures quarante-cinq, j'ai écouté un concert de musique classique à la B.B.C. : la *Pie voleuse* de Rossini. Je me suis couché à vingt et une heures cinquante, afin de me lever en forme à cinq heures du matin.

Higgins prit consciencieusement des notes.

— Pourquoi cette question ? s'étonna Andy Milton. Aurais-je besoin d'un alibi ?

— Le vôtre est malheureusement invérifiable, déplora Marlow.

— Devrait-il l'être ?

— Ce serait préférable.

Une légère panique s'empara de l'ex-valet de pied adjoint.

— De quoi suis-je accusé ?

— Calmez-vous, recommanda Higgins ; connaissiez-vous Persian Colombus ?

— L'horloger de Buckingham ? Bien sûr ! Drôle de personnage, celui-là.

— Expliquez-vous.

— Si vous l'aviez rencontré, vous ne l'oublieriez pas ! Un vieux bonhomme, toujours vêtu de noir, qui parcourait tous les couloirs du palais avec son trousseau de clés. On ne le voyait ni apparaître ni disparaître, comme s'il sortait du néant et y rentrait.

— Son trousseau de clés faisait-il du bruit ?

— Tiens, je n'y ai jamais songé ! Non, pas le moindre. Ce bonhomme-là était le silence incarné.

— Lui avez-vous parlé ?

— J'ai essayé, à plusieurs reprises ; il ne répondait que d'un signe de tête. À Buckingham, personne ne pouvait se vanter d'avoir entendu le son de sa voix. Même les corgis lui témoignaient du respect et s'écartaient hors de son passage.

— Vous faisait-il peur ?

— Un peu, je l'avoue. Ce palais était une ruche bourdonnante d'activités et lui... lui semblait indifférent à toute vie, ne s'occupant que des pendules et des horloges, comme si l'humanité n'existait pas.

— Ne préservait-il pas un secret inavouable ?

— Je l'ai longtemps cru et, soyez-en sûr, j'ai

bien cherché ! J'ai posé mille et une questions, à droite et à gauche, sans aucun succès. On pouvait imaginer n'importe quoi : un amour mystérieux, une fortune cachée, que sais-je encore ? Résultat : rien. L'horloger de Buckingham a dû naître ainsi : vieux, silencieux et impénétrable. Tout ce qu'il a vu ou entendu, il l'a gardé pour lui.

— N'avait-il pas un confident ?
— Pas le moindre.
— Que saviez-vous de sa vie privée ?
— Qu'il n'en avait aucune. Une femme de chambre, très expérimentée, avait entendu parler d'une sœur et d'un camarade travaillant sur les marchés ; une invention, probablement.

Andy Milton vérifia sa pendule une nouvelle fois.

— Elle retarde à vue d'œil. Si l'horloger de Buckingham était là, il la réparerait sans délai.
— Il ne s'occupera plus jamais de ses chères horloges, déclara Higgins avec gravité.

Le regard de l'ex-valet de pied adjoint s'assombrit.

— Vous voulez dire qu'il est mort ?
— Bien pis : assassiné.

La nouvelle parut l'assommer.

— Où ça ? Au palais ?
— Vous n'y pensez pas ! intervint Marlow ; on a retrouvé son cadavre chez lui, dans l'appartement où il aurait dû profiter d'une retraite heureuse.

— Quelle abomination ! Soupçonnez-vous quelqu'un ?

— Tous ceux qui n'ont pas un alibi solide, dit Scott Marlow, acide.

— Soyez plus clair : vous m'accusez ?

Andy Milton se leva, très digne.

— Ne vous emportez pas, recommanda Higgins ; nous vous sommes gré de votre sincérité.

— Je n'avais aucune raison de supprimer l'horloger de Buckingham ; pour moi, le palais et ses habitants sont sacrés. Ce vieillard était une institution ; si j'avais son assassin en face de moi, je ne lui laisserais aucune chance.

— Hors de question, estima Marlow ; surtout, ne vous avisez pas de mener votre propre enquête. Le coupable a agi avec une violence inouïe. Il n'hésitera pas à se débarrasser de tout témoin gênant. Si un détail utile vous revenait, prévenez-nous d'urgence.

Andy Milton tira sur son col de chemise.

— Vous pouvez compter sur moi, superintendant.

CHAPITRE XIX

Le moteur hésita, cala et repartit, sans grande vaillance ; la pluie, de plus en plus froide, grippait ses engrenages après avoir réfrigéré ses vieilles tôles.

— Ce garçon est bizarre, estima Marlow ; tantôt, il exalte les valeurs les plus traditionnelles, tantôt il paraît sarcastique et peu sûr de lui.

— Il parle beaucoup, mais avec précision.

— Trop de paroles, trop de précision ; il a tenté de nous étourdir.

— Le placeriez-vous en tête de la liste des suspects ?

— Difficile d'éliminer Rowena Grove.

— Difficile d'oublier les mensonges de la charmante Mabelle Goodwill.

Finsbury Circus abritait le premier parc public de Londres ; des platanes, des massifs d'hortensias, un seringua et un yucca donnaient l'illusion d'un site naturel où, par mesure d'hygiène, on priait le public de ne pas nourrir les oiseaux.

Seuls les pigeons étaient autorisés à marcher sur les pelouses, tandis que des martinets buvaient à une fontaine surmontée d'une tourelle.

Derrière Finsbury Circus, une ruelle bordée de petits immeubles plutôt coquets.

— Steve Richtown n'était que bagagiste, d'après le rapport du Yard ; il ne devrait pas avoir les moyens financiers d'habiter ici.

— Un autre héritage, peut-être.

L'ex-bagagiste habitait au rez-de-chaussée ; une haie de troènes séparait son logement de la rue. À l'approche des deux policiers, il souleva le rideau de la fenêtre par laquelle il observait les allées et venues.

— Notre arrivée ne passe pas inaperçue, remarqua Marlow.

Higgins n'eut pas le temps de frapper ; la porte s'ouvrit.

Apparut un colosse d'une quarantaine d'années, au torse puissant, vêtu d'un simple gilet de corps, la tête carrée reposait directement sur les épaules comme si le cou n'existait pas. De la silhouette trapue et courte sur pattes se dégageait une formidable impression de force. D'épais sourcils masquaient presque de petits yeux marrons.

— Vous voulez quoi?
— Steve Richtown?
— Scotland Yard, hein? La police, je la renifle à cent pas.

— Superintendant Marlow et inspecteur Higgins.

— Bon sang! On déplace le gratin... ça doit être sérieux.

— Plutôt, indiqua le superintendant; que pensez-vous d'un assassinat?

Le colosse fit la moue.

— C'est pas des méthodes, ça. Moi, je cogne, mais je ne tue pas. Quand on n'est pas d'accord, on peut s'expliquer entre hommes et à mains nues, non?

— Façon de voir, commenta Higgins; pouvons-nous entrer?

— D'accord, mais ne faites pas de désordre.

Scott Marlow s'attendait à un intérieur sale, peuplé de bouteilles de mauvais alcool, de magazines populaires et de vêtements douteux. Il découvrit un salon coquet, peint en saumon; contre le mur le plus long se dressait une grande bibliothèque remplie d'ouvrages de poésie et de décoration. Deux petits tapis d'Orient aux couleurs chaudes donnaient une note d'exotisme. Plusieurs bouquets de fleurs printanières, composés avec délicatesse, ornaient des guéridons au pied torsadé.

— Habitez-vous ici depuis longtemps? demanda Higgins.

— Depuis toujours; mon arrière-grand-père est né dans cette maison, moi aussi. Maman y est morte il y a deux ans et j'y finirai mes jours. C'est quoi, votre crime?

— L'horloger de Buckingham.
— Connais pas. Il est l'assassin ou la victime ?
— La victime.
— Moche pour lui ; quand on est parti, on ne revient plus. Du lait à la fraise, ça vous va ? Moi, je ne bois que ça. C'est excellent pour la musculature.

Les deux policiers s'abstinrent ; Steve Richtown vida un grand verre de sa mixture préférée.

— En quoi ça me concerne, votre crime ?
— N'avez-vous pas travaillé à Buckingham Palace ?
— Si, quelques mois.
— Quel emploi ?
— Bagagiste.
— Et vous n'avez pas entendu parler de Persian Colombus, l'horloger de Buckingham ?
— Inconnu. Moi, comme bagagiste, je n'entrais pas dans les bâtiments principaux ; je passais mon temps à transporter des paquets et à charger des valises dans des voitures. Il faut avoir de la santé, croyez-moi ; grâce à Dieu, je n'en manque pas.

Higgins examina les livres de la bibliothèque ; Richtown montrait une prédilection pour la poésie anglaise du dix-huitième siècle vantant les charmes de la campagne.

— Avez-vous lu l'*Ode au pré perdu* de J.B. Harrenlittlewoodrof ? interrogea l'ex-inspecteur-chef. Si ma mémoire est bonne, elle commence ainsi :

Doux visage mouillé de l'aube croissante,
Vague sentier où l'âme se dissout,
Saule oublieux aux branches languissantes,
Brise d'antan qui souffle sur mon cou...

— Très joli, apprécia l'ex-bagagiste ; vous êtes poète, vous aussi ?

— Si peu, déplora Higgins. Puis-je consulter quelques volumes en bavardant ?

— Faites donc.

Seuls les amateurs de grandes bibliothèques possèdent une dextérité particulière qui leur permet de sortir un ouvrage de la rangée et le remettre exactement à la même place. Avec une rapidité et une souplesse dignes d'un chat, Higgins se livra à une exploration en règle.

— De quelle manière avez-vous perdu votre emploi ?

— Une histoire stupide. Une blague de mes collègues.

— Le motif ?

— L'un d'eux m'avait traité de mauviette, on s'est expliqués.

— La nature de vos explications fut sans doute un peu... frappante.

— L'œil au beurre noir et les côtes fêlées, ça aurait pu passer ; mais ce nabot malpoli a porté plainte à cause de son bras cassé. Quel rancunier ! Bref, on m'a demandé de faire mes propres bagages et d'aller voir ailleurs.

— Où travaillez-vous, aujourd'hui ?

— Un peu partout : dans les cirques, sur les marchés, sur les places de village. Je suis Hercule de foire. Une vraie distraction ! Je soulève des poids, et on me jette des pièces. En fin de compte, ça rapporte pas mal. Le clou de mon spectacle, c'est le moment où je porte trois jeunes filles à bout de bras. Vous voulez que je vous montre ?

— Il n'y a pas de jeune fille ici, répondit Marlow, et nous vous croyons sur parole. Donnez-nous votre emploi du temps de dimanche dernier.

Le colosse se servit un nouveau verre de lait à la fraise.

— Ben, j'ai lu des poèmes et composé des bouquets de fleurs.

— Pas de témoin ?

— Pour quoi faire ?

Higgins continuait à inspecter la bibliothèque ; Marlow montra à Steve Richtown la liste des autres employés renvoyés de Buckingham.

— Fréquentez-vous l'une ou l'autre de ces personnes ?

L'Hercule de foire lut les noms à haute voix.

— Non. Si c'étaient des gens de l'intérieur, je ne les ai même pas croisés. Et je suis resté peu de temps au service de Sa Majesté.

— Pas de regrets ?

— Le destin nous échappe ; moi, je prends la vie comme elle vient.

CHAPITRE XX

— Une bonne pâte, ce Steve Richtown, estima Scott Marlow : un Hercule poète, c'est plutôt rare. Il n'a vraiment pas le profil d'un criminel. Bien sûr, il aurait pu défoncer le crâne de l'horloger d'un seul coup de poing ; mais je suis persuadé qu'il se contente de montrer sa force sans l'utiliser.

— Vous oubliez l'incident qui lui a coûté sa place.

Une éclaircie avait permis aux tôles de la vieille Bentley de sécher avant la prochaine ondée ; elle démarra en souplesse.

— Il existe un autre indice, beaucoup plus inquiétant.

— Lequel, Higgins ?

— Ceci.

L'ex-inspecteur-chef posa sur le tableau de bord un morceau de tissu vert foncé.

Tenant le volant de la main droite, le superintendant palpa le tissu de la gauche. Son sang ne fit qu'un tour.

— Une robe, n'est-ce pas?

Higgins approuva.

— La couleur préférée de Sa Majesté, murmura Marlow. Où avez-vous trouvé cela?

— Entre deux recueils de sonnets.

— Retournons immédiatement chez ce Richtown.

— Demandez plutôt un ordre de perquisition, d'autres trouvailles intéressantes nous attendent.

— Et s'il s'enfuyait?

— Mettez en faction deux policiers en civil; qu'ils l'interpellent s'il cherche à quitter son domicile avec une valise.

— J'ai hâte de l'interroger de nouveau.

— Il reste un suspect sur la liste; peut-être la dernière pièce du puzzle.

Great West Road était un endroit agréable : beaucoup de petites maisons à deux étages, de belles pelouses, des aires de jeu. L'agitation de la ville s'atténuait au contact de la verdure.

La demeure de Peter Steed, entourée d'une bordure blanche basse, était soigneusement entretenue. Ravalement récent, fini des peintures, parfait état de la toiture prouvaient que le propriétaire s'occupait de son bien avec amour.

La Bentley émit un soupir déchirant en se garant devant le domicile de l'ex-employé administratif.

— Elle est encore en panne, constata Marlow.
— Ne vous inquiétez pas, il suffit de savoir lui parler. Ces vieilles voitures ont besoin de tendresse.

Le superintendant désapprouvait les tendances mystiques de son collègue mais devait admettre qu'en maintes occasions il était parvenu à faire repartir la Bentley sans intervention mécanique.

Profitant de l'embellie, un jeune homme de vingt-cinq ans, au visage presque féminin, tondait sa minuscule pelouse. Blond, mince, presque grêle, il faisait songer à un éphèbe grec, fragile et désincarné.

— M. Steed?

Le jeune homme sursauta.

— Oh! Vous m'avez fait peur! Oui, c'est bien moi, mais...

— Superintendant Marlow; voici mon collègue, l'inspecteur Higgins.

— Scotland Yard? C'est... c'est terrifiant!

La tondeuse s'arrêta net.

— Pourquoi cette crainte? demanda Higgins, rassurant.

— Scotland Yard, cela m'évoque le sang, le crime, la violence, tout ce que je déteste!

— Nous aussi, rétorqua Marlow, mais il faut bien quelqu'un pour s'en occuper.

— Ce monde est effrayant, dit Peter Steed d'une voix angoissée; agressions, carnages, massacres... voilà le spectacle qui nous est offert. Comment se sentir en sécurité?

— Êtes-vous armé?

— Quelle horreur! Je suis un pacifique et un objecteur de conscience, inspecteur. Je préférerais me laisser tuer plutôt que de supprimer une vie.

« Avec des raisonnements comme ceux-là, pensa Marlow, Hitler n'aurait pas eu grand-peine à conquérir le monde. »

— Démissionnez, conseilla le jeune homme.

Le superintendant crut avoir mal entendu.

— Pardon?

— Démissionnez, répéta-t-il, Scotland Yard n'a rien résolu; bien que vous soyez des milliers de policiers à le combattre, le crime n'a pas disparu. Il faut donc changer de méthode.

— Que préconisez-vous? demanda Higgins.

— Convertissez les criminels, faites-leur prendre conscience qu'ils se trompent. En premier lieu, leur calmer les nerfs; la pêche à la ligne, par exemple. Ensuite, l'éveil artistique: Turner, Gainsborough, Watteau, des teintes douces et chaudes; enfin, la convivialité: des sorties avec de jeunes enfants, des jeux de ballon et beaucoup de natation.

« Le fou de service », pensa Marlow, qui avait horreur des illuminés.

— Que faisiez-vous dimanche dernier?

Le jeune homme considéra le superintendant avec un respect mêlé de crainte.

— Vous... vous êtes un voyant! Comment

avez-vous deviné que ce dimanche a été la journée la plus importante de ma vie ? Venez, venez vite !

Avec un enthousiasme subit, Peter Steed agrippa Marlow par la manche et l'entraîna dans sa demeure. Par précaution, Higgins suivit.

L'appartement du jeune homme ressemblait à une salle de musée. Partout, des tableaux, petits et grands.

— Tous faux, annonça-t-il, sauf celui-là.

Le blondinet pointa l'index sur une petite toile représentant un horloger réglant une pendule.

— Je l'ai achetée à Portobello le mois dernier et, dimanche, je l'ai nettoyée, des heures durant, millimètre par millimètre. Je n'ai même pas songé à déjeuner. Quel beau style, ne trouvez-vous pas ? L'attitude de l'artisan est si noble, si fière et la représentation de la pendule si précise... On dirait un primitif flamand.

— Où, à Portobello ? demanda Higgins.

— Au début de la rue, chez un marchand de théières anciennes qui ne connaît rien à la peinture. Il avait indiqué un prix ridicule que j'ai été contraint de discuter, par principe ; mes mains tremblaient. Pour la première fois, je me portais acquéreur d'un authentique tableau ancien ! Pas de signature, c'est vrai, mais je parviendrai bien à identifier l'auteur. On jurerait que plusieurs styles et plusieurs époques se mélangent, comme si cette œuvre n'avait pas d'âge et échappait au temps.

Higgins levait la tête pour contempler un faux Rubens, assez bien imité. Il se sentait mal à l'aise, dans un espace trop confiné où tant d'images s'écrasaient les unes les autres.

— Savez-vous pourquoi ce tableau me bouleverse ? demanda Peter Steed ; parce que le modèle ressemble à l'horloger de Buckingham.

CHAPITRE XXI

— Ressemblance est un terme insuffisant, jugea Higgins. C'est exactement son portrait; on jurerait qu'il a posé.
— Vous le connaissiez bien?
— Ce serait beaucoup dire.
— Eh bien moi, je le connais mieux qu'il ne se connaît lui-même!
— Passionnant... Expliquez-vous.

Peter Steed n'était pas mécontent de son petit effet.

— Persian Colombus est un personnage extraordinaire; sans cesse, il arpente les couloirs de Buckingham Palace pour régler horloges et pendules. Si, une seule fois, elles n'avaient pas sonné toutes ensemble les douze coups de minuit, je crois bien qu'il se serait suicidé. Grâce à son trousseau de clés, il pouvait entrer à tout instant dans n'importe quelle pièce du palais et faire son travail sans déranger personne. Il apparaissait et disparaissait à l'improviste. Comment ne pas être fasciné ?

— Avez-vous conversé avec lui ?

— J'ai essayé, bien sûr, imaginez ce qu'un tel homme a vu ! Comme tout le monde, j'ai échoué ; il se contentait de répondre à mes questions par un hochement de tête sans signification précise et poursuivait son chemin, indifférent à tout ce qui n'était pas pendule ou horloge.

— Ni confident ni ami ?

— Ni l'un ni l'autre, à l'exception d'un vieux camarade, marchand à Portobello.

— L'avez-vous rencontré ?

— Vous pensez bien, inspecteur ! J'espérais en apprendre long, j'ai été déçu. L'horloger n'était pas plus bavard avec lui. Lorsque je travaillais au palais, j'ai interrogé les vieux serviteurs qui m'ont tous donné la même explication : personne n'avait jamais entendu le son de la voix de Persian Colombus. Tous, sauf un !

Marlow masqua mal son intérêt, Higgins demeura impassible.

— Un palefrenier à la retraite qui, deux semaines avant son décès, m'a révélé les seuls mots qu'ait prononcés l'horloger de Buckingham, le jour où il est entré en fonction : « Je remplirai mon contrat. »

Higgins nota la phrase sur son carnet noir.

— Vous êtes un remarquable enquêteur, M. Steed.

Le compliment fit rosir le jeune homme.

— Mon péché mignon, je l'avoue. Au palais, j'avais rencontré un garçon très sympathique. Comment s'appelait-il déjà, Milton, c'est ça. Andy Milton ! Le meurtre était sa passion. Intellectuellement parlant, bien sûr, car il se montrait aussi pacifiste que moi. Ses cheveux noirs étaient splendides, mais nous nous sommes perdus de vue.

— Quel emploi remplissiez-vous, à Buckingham ?

— Employé administratif aux écuries, en tant qu'intérimaire à l'essai. J'avais peu de chance de rester, et je le savais. Excusez-moi, je manque à tous mes devoirs : vous boirez bien quelque chose ?

Peter Steed décrocha une médiocre représentation de Big Ben et découvrit un bar bien fourni.

— Whisky sec ? demanda Marlow.

Le regard de Higgins se posa sur une bouteille d'eau.

— Un peu d'eau, s'il vous plaît.

La main droite du jeune homme se posa nerveusement sur le goulot de la bouteille.

— Celle-là est trop vieille, je vais en chercher une autre.

— Ne vous dérangez pas, un doigt de whisky fera l'affaire.

Peter Steed fit rapidement le service et raccrocha le tableau.

— Vous étiez donc défaitiste, rappela l'ex-inspecteur-chef.

— Réaliste, mes compétences étaient trop limitées et je suis affligé d'un redoutable défaut : je mélange les documents. L'administration n'est pas mon fort ; j'avais tendance à oublier ce qui m'ennuyait et à perdre les instructions que l'on me donnait. Bref, mon renvoi était parfaitement justifié.

— De la rancœur ?

— Au contraire ! Une grande satisfaction d'avoir travaillé quelque temps aux *Royal Mews*.

Les *Royal Mews*, les écuries royales, étaient un village de campagne au cœur de Londres qui abritait jadis les faucons royaux pendant la mue, d'où le terme de *mew*. À cet endroit vivaient une douzaine de chevaux traités avec le plus grand soin.

— Je dois vous faire une confidence, inspecteur, dit le jeune homme, gêné.

— C'est beaucoup d'honneur, M. Steed.

— Non, non, je sais que vous êtes un homme de confiance qui peut comprendre beaucoup de choses.

— Je m'y efforce.

— Je le sentais. Eh bien, voilà : je ne connais rien aux chevaux et j'en ai peur. Une peur terrible qui naît dans le ventre et m'oblige à m'enfuir à toutes jambes. Ce n'est pas très honorable, n'est-ce pas, surtout lorsqu'on doit croiser des destriers de Sa Majesté ?

— On ne parvient pas toujours à se raisonner, dit Higgins, compatissant. Cet étrange horloger...

— Persian Colombus ?

— Lui-même. N'a-t-il jamais été accusé de vol ?

— Inconcevable ! N'est-il pas le temps implacable et incorruptible qui nous juge tous ? Parmi les mille et une rumeurs qui courent dans un monde clos comme Buckingham, aucune ne ressemblait à une accusation de cet ordre.

— Votre enquête ne vous a-t-elle rien appris sur une éventuelle fortune de l'intéressé ?

— Rien du tout. Qu'est-ce que vous allez imaginer ?

— Quel est votre travail actuel, M. Steed ?

— Employé de bureau dans la City, pour quelques mois ; j'espère être bientôt engagé chez un marchand de cadres pour tableaux. Dans ce domaine, je ne suis pas à court d'idées ; notre époque manque singulièrement de goût en matière de décoration. Si l'on me laisse enfin agir, la pompe ancienne reprendra droit de cité !

Higgins fit quelques pas dans la galerie de faux ; son impression de malaise subsistait.

— Inspecteur...

— Oui, M. Steed ?

— Puis-je vous poser une question ?

— Je vous en prie.

— Quelle est la raison de votre visite ?

— Enquête de routine.
— Mon passé à Buckingham Palace, n'est-ce pas? On n'entre pas impunément au service de la reine... serai-je surveillé le reste de mon existence?
— Nous nous reverrons, M. Steed.

CHAPITRE XXII

Après un court dialogue avec Higgins, la vieille Bentley accepta de redémarrer.

— Mais enfin, Higgins, protesta Marlow qui accéléra en douceur, pourquoi ne pas lui avoir parlé de l'assassinat ?

— Vous avez parfaitement joué le jeu, mon cher Marlow.

— Dans quelle intention ?

— Provoquer une réaction.

— Ce garnement est à moitié fou ; il a peur de tout et navigue dans son rêve. Il me paraît tout à fait inoffensif.

— Vous reviendrez peut-être sur votre jugement.

— Un fait précis ?

— La bouteille d'eau.

— Il a eu un comportement bizarre, mais...

— Vous étiez mal placé pour observer la forme de la bouteille, superintendant ; aussi dois-je vous mettre sur la voie en vous indiquant que l'inoffensif Peter Steed voulait nous empêcher de constater qu'il possédait une bouteille d'eau de Malverne.

Marlow freina. Un taxi l'évita de justesse et, oubliant le légendaire fair-play, le gratifia de quelques qualificatifs désagréables en le dépassant.

— Que devons-nous en conclure ?

— Ce qu'il faut comprendre, mon cher Marlow, je l'ignore encore ; ce qui est certain, c'est que Peter Steed boit l'eau préférée de Sa Majesté, destinée à prévenir les maux d'estomac. Sans doute avait-il oublié d'ôter la bouteille de son bar. Sa panique prouve qu'il la cachait ; reste à savoir pourquoi.

Sur le bureau du superintendant avait été déposé un document très bref, faisant partie de l'enquête complémentaire menée par le Yard à propos des ex-employés de Buckingham Palace ; à tout hasard, Higgins avait suggéré de ne pas négliger le cas de Norman Catterick.

Marlow lut le texte avec gourmandise et en communiqua la teneur à son collègue.

— Nous sommes obligés de repartir pour Portobello. Cette fois, nous tenons un excellent suspect. Il a eu tort de nous sous-estimer.

Bien que Higgins ne ressentît pas encore la

fatigue, il se méfiait de l'air vicié de la capitale et absorba quelques granules d'*Influenzinum* à titre préventif ; les grippes de printemps étaient redoutables et provoquaient de fortes fièvres.

Comme la vieille Bentley, peu habituée à de telles pérégrinations, avait décidé de reprendre son souffle, une voiture banalisée du Yard emmena les deux hommes à Portobello, sous une pluie battante. La saison la plus capricieuse de l'année était fidèle à sa réputation.

Portobello Road était presque déserte, seuls deux ou trois gentlemen, équipés d'amples parapluies, faisaient encore du lèche-vitrines. La boutique de Catterick, *Little Alice,* était fermée ; Marlow et Higgins — qui commençait à ressentir quelques douleurs d'arthrite dans le genou gauche — grimpèrent à l'étage. L'escalier émit les mêmes grincements que lors de leur première visite mais, cette fois, le commerçant ne répondit qu'au cinquième coup de sonnette.

— Encore vous ! Qu'est-ce qui se passe ? Vous avez découvert l'assassin ?

— Peut-être, répondit Marlow, mordant ; votre témoignage doit être précisé.

— Rien à vous dire de plus.

— Je crois que si.

L'homme râblé, à l'épaisse stature, souleva sa casquette de tweed pour mieux regarder le superintendant.

— Eh bien, entrez. Toutes ces histoires ! Le

vieux Persian ne dérangeait personne, et moi non plus.

Norman Catterick donna un coup de pied rageur dans un pot de fleurs qui encombrait le passage, écarta d'un revers du bras une pile de cartons à chapeaux et se laissa tomber sur une chaise paillée. Il bourra sa pipe en terre, l'alluma avec lenteur, et tira une bouffée plutôt nauséabonde.

— Si la police de Sa Majesté pouvait être brève, je lui en serais reconnaissant; je me suis levé tôt, ce matin, et j'ai envie de dormir.

Catterick tira sur ses bretelles, bâilla et mordilla l'embout de sa pipe.

— Accordez-nous un peu d'attention, recommanda Marlow.

— Je ne fais que ça.

— Rowena Grove, Mabelle Goodwill, Andy Milton, Steve Richtown, Peter Steed, énuméra Marlow en détachant chaque nom.

Personne ne combla le silence.

— Aucune réaction, M. Catterick?

— Ce ne sont pas des clients fidèles, et je n'ai pas la mémoire des noms.

— Vous connaissez pourtant l'un d'entre eux, indiqua Higgins sans agressivité.

— En êtes-vous certain?

— Nous possédons un témoignage formel.

— Lequel?

— Peter Steed est venu vous voir et vous a

posé des questions sur votre ami, l'horloger de Buckingham.

— Possible... Quelle tête a-t-il ?

— Un jeune homme blond, à l'allure fragile.

Norman Catterick tira une nouvelle bouffée.

— C'est vrai, il est venu ; un garçon sympathique et bien élevé. Il s'intéressait à ce pauvre vieux Persian et voulait tout savoir sur son compte ; qu'y avait-il à dire, sinon qu'il était l'horloger de Buckingham ?

— Pourquoi nous avoir dissimulé cet entretien ? demanda Higgins.

— Dissimulé ? Vous n'y allez pas un peu fort, non ? Entretien... vous parlez ! Il posait des questions stupides, et je ne répondais rien.

— Quelles questions ?

— Persian Colombus avait-il une fortune cachée, jouait-il dans les casinos, fréquentait-il des femmes, que sais-je encore ! Je lui ai simplement dit ce qu'il savait déjà : que Persian s'occupait de ses pendules, rien que de ses pendules !

— Si je vous suis bien, M. Catterick, votre interlocuteur soupçonnait l'horloger de Buckingham de mener une double vie.

— Persian, une double vie ! Complètement ridicule. Si vous l'aviez connu, le pauvre vieux...

Scott Marlow intervint, féroce.

— Vous, en revanche, vous menez bien une double vie.

Le marchand ôta la pipe de sa bouche.
— De qui parlez-vous ?
— De vous, Norman Catterick !

Détendu, l'interpellé ficha de nouveau sa pipe à la commissure des lèvres et tira sur ses bretelles.

— Du bluff. Vous utilisez de curieuses méthodes, au Yard.

— Non, M. Catterick, une réalité, une très solide réalité que vous avez soigneusement occultée. Vous feriez mieux d'avouer.

— Avouer... mais avouer quoi ?

Higgins, comme indifférent à l'interrogatoire mené par son collègue, examinait le capharnaüm où vivait le marchand ; il prenait des notes, croquait des objets.

— Vous avez eu tort de sous-estimer les moyens d'investigation de Scotland Yard, continua le superintendant ; nous sommes persuadés que l'assassin est lié, d'une manière ou d'une autre, à Buckingham Palace. Aussi avons-nous dressé une liste de suspects à laquelle, semble-t-il, vous n'apparteniez pas.

Norman Catterick ricana.

— Et pour cause, je n'ai jamais mis les pieds au palais !

— Ce n'était pas l'envie qui vous en manquait ; lorsque vous étiez âgé de vingt et un ans, vous avez sollicité votre admission dans le corps d'élite des *Horse Guards*. Et vous avez essuyé un refus ! En voici la preuve.

Marlow mit la copie du document administratif sous les yeux de Norman Catterick.

— Vous niez encore?

Le marchand ne jeta même pas un œil au texte.

— Je ne me souvenais pas de cet incident, il est si ancien.

— Terrible déception, n'est-ce pas?

— J'ai été vexé, sans plus.

— Je ne vous crois pas, M. Catterick; devenir *Horse Guard* était votre but, votre idéal. Cet échec vous a marqué pour la vie.

— Désolé de vous contredire, superintendant; le goût de l'uniforme m'a tout à fait abandonné. Un petit commerce comme le mien ne vous laisse guère le temps de rêver. Les impôts, les taxes, les frais divers, il faut trimer nuit et jour.

— La honte, née de votre mésaventure, fut votre secret; personne ne devait être au courant. Or un homme, un seul, avait fini par percer votre mystère. Est-ce clair, à présent?

— Totalement obscur, estima le marchand.

Scott Marlow s'approcha à moins d'un mètre de lui.

— Je vais éclairer votre lanterne, M. Catterick : cet homme, c'était Persian Colombus, votre ami. Lui qui connaissait admirablement Buckingham est parvenu à obtenir la vérité sur votre compte. Il l'a évoquée devant vous, et vous ne lui avez pas pardonné ce que vous considériez comme une agression. Furieux, vous l'avez tué.

Un long silence succéda à la terrible accusation.

Dans un premier temps, Norman Catterick demeura immobile ; puis il jeta sa pipe sur le sol, se leva et l'écrasa d'un talon rageur. D'un geste solennel, il ôta sa casquette. Le front haut, le buste raide, il regarda le superintendant droit dans les yeux.

— Accusez-moi de tout ce qui vous passe par la tête, superintendant, sauf d'une chose : tuer un ami, mon seul ami. Je ne suis ni meilleur ni pire qu'un autre, mais je ne suis pas un monstre. Et seul un monstre a pu commettre un acte aussi abominable. Si vous osez m'accuser une nouvelle fois de ce meurtre, tout superintendant que vous êtes, je vous casse la figure.

CHAPITRE XXIII

Scott Marlow, vexé et bougon, se laissa convaincre par Higgins que les entreprises les mieux préparées n'étaient pas forcément couronnées de succès; cette démarche infructueuse ne devait pas le projeter sur la pente glissante de la désespérance, d'autant plus qu'ils n'en avaient pas fini avec Portobello Road.

Au début de la rue, le vendeur de théières anciennes observait les allées et venues des passants; refusant de fermer boutique, il nettoyait les précieux objets avec un chiffon. Le front bas, le nez proéminent mangeant le visage, l'œil méfiant, le marchand, frileux, portait deux pulls de laine.

— Scotland Yard, hein? La police... je m'en doutais. Vous cherchez qui?

— Un tableau, répondit Higgins.

— J'en ai quelques-uns en magasin, mais ce n'est pas ma spécialité. Vous vouliez les voir?

— J'aimerais acheter celui qui représente un vieil horloger en train de régler une pendule.

— Pas de chance : je viens de le vendre à un amateur.

— Pouvez-vous nous le décrire ?

— Un blondinet efféminé qui s'est pâmé d'aise devant cette toile ; il a discuté le prix, mais nous sommes tombés d'accord.

— D'où provenait-elle ?

— Un particulier me l'a proposée ; j'ai marchandé et obtenu l'objet.

— Homme ou femme ?

— Une vieille demoiselle, petite, maigre, avec un chignon serré ; elle était mal fagotée et aussi triste qu'un jour de smog.

— N'avait-elle pas un grain de beauté plutôt laid sur la joue gauche !

— Ah si ! Je m'en souviens, en effet. On dirait que vous la recherchez. Qu'est-ce qu'elle a fait ?

— Merci pour votre collaboration.

Le marchand regarda les deux policiers s'éloigner ; il pensa qu'ils formaient un sacré tandem et qu'un assassin, même habile, avait intérêt à éviter leur route ; néanmoins, lui sortait vainqueur de la confrontation, puisqu'il avait réussi à ne pas donner l'information essentielle : son prix d'achat du tableau, ridiculement bas.

*
**

Muni d'un mandat de perquisition en bonne et due forme, Marlow se sentait tout ragaillardi. Le sentier de la légalité absolue lui conférait force et confiance en lui ; en règle, il se sentait capable de renverser des montagnes.

Deux voitures du Yard roulaient à vive allure vers Finsbury Circus. À l'arrière de la première, Marlow vérifiait le bon fonctionnement d'une paire de menottes et Higgins relisait les notes prises sur son carnet noir.

— Quelle est votre hypothèse, Higgins ?
— Trop peu d'éléments pour en formuler une.
— Craindriez-vous l'inutilité de notre démarche ?
— Au contraire, soyez rassuré : elle sera tout à fait positive.

Une bonne centaine de pigeons s'envolèrent lorsque les deux voitures freinèrent brutalement devant le domicile de Steve Richtown.

Le rideau de la fenêtre se souleva.

— L'oiseau est au nid, constata Marlow.

À peine les policiers étaient-ils descendus de leurs voitures que l'inspecteur en civil, chargé de surveiller le suspect, vint à leur rencontre.

— A-t-il tenté de s'enfuir ? demanda le superintendant.
— Non, monsieur. Il n'est pas sorti de chez lui.

Scott Marlow frappa à la porte d'un coup de poing déterminé.

— Ouvrez, police !

Une lumière s'éteignit.

— Soyez raisonnable, Richtown ; nous savons que vous êtes là.

Des curieux, attirés par le tintamarre qui troublait ce quartier tranquille, convergeaient vers le lieu du drame. Deux *Bobbies* leur demandèrent de se tenir à distance.

— Reculez, hurla Steve Richtown, ou je fais tout sauter !

La menace rafraîchit l'enthousiasme de Marlow.

— Je ne vous crois pas.

— Vous avez tort ! Je suis assis sur la bombe !

Dans de telles situations, le *Manuel de criminologie* de M.B. Masters recommandait lucidité, concentration et faculté d'analyse rapide, avec la conviction que seules deux solutions étaient possibles : l'explosion ou la reddition.

— Ouvrez, recommanda Higgins.

Marlow hésita.

— Mes hommes...

— Éloignez-les ; nous monterons tous les deux en première ligne.

Le superintendant ne recula pas. D'un vigoureux coup d'épaule, il tenta d'enfoncer la porte qui refusa de céder. Un passe-partout se révéla plus efficace.

Le colosse, toujours vêtu d'un simple gilet de corps, était assis sur son pouf recouvert d'un délicat tissu indien.

— Partez, ordonna-t-il, ou je vous étripe !
— Ce serait une grave erreur, indiqua Higgins ; nous désirons simplement perquisitionner.
— Jamais ! C'est monstrueux, vous n'avez pas le droit !

Marlow appela son escouade qui envahit le délicat salon.

— N'abîmez pas mes peintures et mes livres, geignit le colosse qui se laissa empoigner sans se défendre.

Le superintendant lui passa les menottes.

— Vous devriez avouer, suggéra l'ex-inspecteur-chef ; sinon, ces messieurs seront contraints de vider la bibliothèque, de sonder les murs, de...

— Ça suffit !

Steve Richtown baissa les yeux ; il ressemblait à un boxeur groggy.

— Je vous en prie... Ce logement, c'est toute ma vie !

— Parlez, dit Marlow, et vous le sauverez.

Le colosse céda.

— C'est là, dans le pouf. Faites attention en l'ouvrant, le couvercle est fragile. Je l'ai réparé moi-même.

À l'intérieur se trouvaient d'autres morceaux de tissu vert sombre, et une grande feuille de papier à dessin soigneusement roulée.

Higgins la déroula.

— Faites bien attention, dit Steve Richtown d'une voix brisée.

— Soyez sans crainte.

Le précieux dessin représentait un superbe et délirant chapeau fleuri, orné de rubans, de perles, de plumes et de tulle.

Dans un premier temps, Marlow fut désarçonné ; puis la lumière se fit.

— Embarquez-moi ce gaillard, ordonna-t-il.

CHAPITRE XXIV

Une aube frileuse se levait sur Londres ; après quelques hésitations, le printemps était définitivement retourné vers l'hiver. La météorologie annonçait une semaine de pluie battante, indispensable pour le bon état des pelouses.

Après trois heures d'interrogatoire, le superintendant n'avait pas progressé d'un pouce.

Beaucoup plus coriace qu'il n'y paraissait, Steve Richtown se contentait de répéter qu'il était un honnête citoyen, amateur de poésie et de décoration.

Quand Higgins pénétra dans le bureau, Marlow espéra que les démarches entreprises au cœur de la nuit par l'ex-inspecteur-chef leur permettraient d'avancer.

— J'ai fait monter du café, des toasts et de la confiture.

— Ils sont les bienvenus, mon cher Marlow.

— Pas trop fatigué, Higgins ?

— À mon âge, on supporte mieux une nuit blanche qu'un jeune homme.

L'ex-inspecteur-chef se garda de révéler que son genou gauche appréciait peu ce régime; il en serait quitte pour augmenter la dose de son remède antiarthritique, la teinture-mère d'*Arnica Ruta Rhustoxicodendron* qui lui permettait presque de retrouver ses jambes d'ancien sportif.

— A-t-il avoué?

— Il est têtu comme une mule, répondit Marlow. De votre côté, des résultats?

— Négatifs.

— Richtown est donc bien coupable.

— Où se trouve-t-il?

— Dans le petit bureau en face, et sous surveillance. Je vous propose de vous restaurer et d'attaquer à nouveau.

Higgins songea à Trafalgar, qui devait s'accommoder des plats que préparait Mary; par bonheur, elle était excellente cuisinière et le siamois disposait d'un tel pouvoir de séduction qu'il aurait pu apprivoiser n'importe qui.

Le café était acide, les toasts à demi calcinés et la confiture surchargée de produits chimiques; mais il fallait bien reprendre un peu d'énergie, fût-ce au prix d'un léger engorgement du foie.

Parfois, Higgins se demandait de quelle manière les habitants des grandes villes, ogresses insatiables, parvenaient à survivre; le bruit et l'agitation détruisaient l'âme et les sens, ruinaient la douceur de vivre, anéantissaient le goût de la beauté et de l'harmonie. Une nouvelle race naissait, qui ne mettrait pas le pied sur une terre mouillée, ne verrait jamais de près un cerf ou un sanglier, ne savourerait jamais les mystères d'un chemin creux, ne se perdrait jamais dans les dédales d'une forêt. Macadam et béton régneraient bientôt en maîtres absolus pour emprisonner des millions d'insectes acharnés à s'entre-dévorer. Higgins appartenait à un monde en voie de disparition dont les valeurs seraient bientôt reléguées au musée des curiosités ; il n'en continuerait pas moins à tenir sa ligne de conduite, silhouette de plus en plus ténue dans le brouillard d'un avenir mécanisé.

Deux *Bobbies* introduisirent Steve Richtown dans le bureau du superintendant. Les traits creusés, le colosse paraissait à bout de forces.

— J'ai soif, murmura-t-il.

— Vous boirez quand vous aurez parlé, déclara Marlow, sévère.

— Une tasse de café et un toast ne changeront rien à l'affaire, indiqua Higgins.

— Bon, accepta le superintendant ; asseyez-vous, Richtown.

Le colosse obéit.

— Vous pourriez m'ôter les menottes ? Elles me font mal aux poignets.

Higgins acquiesça ; Marlow délivra le suspect qui but avec avidité une tasse de café brûlant et dévora deux toasts.

— Êtes-vous décidé à vous montrer plus raisonnable ? demanda Marlow, acerbe.
— Je veux rentrer chez moi.
— Entendu, si vous avouez votre crime.
— Quel crime ?
— Cessez ce jeu stupide, Richtown.
— Je n'ai rien fait, rien du tout.
— Cette nuit, déclara Higgins sur un ton tranquille, j'ai réveillé le patron de Frederick Fox, dans Sloane Street, et la directrice de Simone Mirman, dans West Hackin Street. Avec beaucoup de savoir-vivre, et dans l'intérêt de l'enquête, ils ont accepté de répondre à mes questions. Ces noms ne vous sont pas inconnus, n'est-il pas vrai ?

Le colosse se tassa sur son siège.

— Qui c'est ?
— Légère défaillance de votre mémoire. Je vais vous aider : il s'agit de deux fournisseurs de la reine-mère.
— C'est possible.
— C'est certain. Les goûts de cette chère vieille dame sont connus de son peuple, notamment sa prédilection pour les chapeaux excentriques. On pouvait donc supposer que vous aviez dérobé le dessin d'un projet de chapeau ; ce

n'est pas le cas. D'où provient le document que vous cachiez dans votre pouf ?

— Sans importance.

— Pourquoi une telle réaction, en ce cas ? Vous étiez assis sur une bombe, rappelez-vous.

— Une bêtise, je me suis affolé. La police m'impressionne, comme tout le monde, et je perds mes moyens. Et vous, avec vos voitures, les crissements de pneus, une armée qui attaque ! Même Robin des bois prendrait peur.

— Et les morceaux de tissu vert sombre ?

— Des babioles accumulées çà et là.

— « Çà et là » : c'est ainsi que vous qualifiez Buckingham Palace ?

— Qu'est-ce qui vous prouve...

— Bobo. Elle s'occupe de la garde-robe de Sa Majesté, comme vous le savez. Son expertise est sans appel : ce tissu était destiné à une jupe royale.

Dans l'esprit de Marlow, le complot était évident. Animé d'une soif de vengeance, l'ex-bagagiste préparait un mauvais coup à la fois contre la reine-mère et contre Élisabeth II.

— Vous êtes allé trop loin, Richtown, beaucoup trop loin ; l'horloger de Buckingham avait deviné vos projets et savait que vous vous prépariez à agir.

— Agir, moi ?

— À quoi servaient ce dessin et ces morceaux de tissu ?

— Je n'en sais rien.

— Que fomentiez-vous contre la Couronne? interrogea Marlow, irrité.

— Mais rien, rien du tout!

Le colosse tenta de se lever; en lui appuyant sur les épaules, Marlow le contraignit à rester assis.

— Le nom de vos complices?

— Complices de quoi?

Le superintendant se tourna vers Higgins, les poings serrés.

— M'accordez-vous le droit d'utiliser la manière forte?

— Pour la suite de votre carrière, je vous la déconseille.

L'ex-inspecteur-chef avait raison; la loi interdisait à Marlow de frapper un suspect. Pourtant, comme il en avait envie!

— Relâchez-le, murmura Higgins à son oreille.

— Pardon?

— Filature serrée et invisible.

Grave, le superintendant s'adressa au suspect.

— Un dessin et des bouts de tissu ne sont pas suffisants pour vous jeter en prison, Richtown. À contrecœur, je vous remets en liberté.

— Quand même... il y a une justice. Merci pour le breakfast.

Le colosse sortait du bureau quand le téléphone sonna.

— Marlow, j'écoute... non... vous êtes sûr !
Quand ? Mais tout de suite !

Le superintendant raccrocha, radieux.

— Rowena Grove vient d'être arrêtée, dans Whitechapel. On nous l'amène.

CHAPITRE XXV

— Miss Grove ! s'exclama le superintendant. Quelle bonne surprise ! Donnez-vous la peine d'entrer et de vous asseoir. Nous avons tant de choses à nous dire.

L'ex-femme de ménage de sous-sol faisait pâle figure. La mine défaite, les cheveux en bataille, la grande rousse avait livré une féroce bataille aux policiers qui l'avaient interpellée.

— Rébellion contre les forces de l'ordre, agression de policiers en tenue, coups et blessures volontaires, tentative de fuite, menaces de mort, injures : le rapport concernant votre arrestation est plutôt copieux, constata le superintendant.

— Vos chiens de garde m'ont agressée.

— Les divers témoignages ne vont pas dans ce sens, mademoiselle. Vous avez foncé sur les agents à la manière d'un bélier.

— Ils me barraient le chemin. Je suis une femme libre dans un pays libre.

— Que faisiez-vous à Whitechapel ?
— J'allais voir ma mère.
— Comment va-t-elle ?
— Elle est très malade.
— Je crains que son état ne s'améliore guère. D'après l'enquête menée à votre sujet, elle est morte depuis deux ans.
— Elle se porte sûrement mieux au paradis.
— Je vous repose ma question : que faisiez-vous à Whitechapel ?
— La vérité en échange d'un café chaud.

Higgins le commanda lui-même, sans cesser d'observer cette femme étrange, à la fois laide et belle, plutôt courageuse, emplie d'une hargne peut-être justifiée contre une société qui n'avait pas su reconnaître ses mérites.

Dans sa déchéance, Rowena Grove ne manquait pas de grandeur.

Sans se presser, elle se restaura.

— Pas fameux, critiqua-t-elle, mais c'est meilleur que la faim.

— J'ai respecté ma part de contrat, indiqua Marlow ; à vous de respecter la vôtre.

— C'est tout simple ; depuis que j'ai quitté mon domicile, je n'ai rien mangé. À Whitechapel, j'ai dormi au coin d'une rue et j'ai mendié.

Elle fouilla dans son soutien-gorge et posa deux shillings et six pences sur le bureau de Marlow.

— Voilà le butin.

— Pourquoi avoir disparu ? demanda Higgins.
— Parce que vous auriez fini par comprendre.
— Nous avons trouvé, en effet.
— Vous voyez bien : avec Scotland Yard, on est toujours perdant. Sacré trésor, hein ? De l'eau du Jourdain pour le baptême de Victoria Adélaïde ! On ne se refusait rien, autrefois, quand nous étions le plus grand empire du monde.
— Quand avez-vous volé cet objet ?
— Je ne l'ai pas volé, objecta Rowena Grove avec superbe, je l'ai mis en sécurité. La fiole était à la portée de n'importe qui ; chez moi, elle ne risquait plus rien. Vous imaginez, inspecteur ? Un pareil trésor entre les mains d'un bandit ! Quelle honte pour l'Angleterre ! C'était la meilleure solution, croyez-moi.
— Je n'en suis pas persuadé.
— Qui vous a remis cette fiole ?
— Mais... personne !
— Vous mentez, assena Scott Marlow ; donnez-nous le nom de votre complice.
— J'ai agi seule.
— C'est Persian Colombus, l'horloger de Buckingham Palace, qui vous a renseigné. Grâce à lui et à ses conseils, vous avez pu perpétrer votre forfait et quitter le palais sans être repérée. Il vous suffisait ensuite de revendre cet objet inestimable à un amateur passionné et d'en tirer une coquette somme ; notre intervention a gâché ce plan magnifique.

— Pure invention, objecta la grande rousse ; de mon vivant, j'aurais gardé la fiole. À ma mort, je l'aurais léguée à la reine en la priant de mieux la sauvegarder.

— Votre complice, insista Marlow, ne s'est pas comporté comme vous l'espériez. Ou bien il a paniqué en vous menaçant de vous dénoncer, ou bien il a demandé davantage d'argent. Vous avez pris la décision de vous débarrasser de lui avec une rare sauvagerie.

— Je ne m'allie avec personne ; ce n'est pas dans mon caractère.

— En ce cas, Persian Colombus vous a vu voler la fiole et il a tenté de vous faire chanter.

— S'il avait osé, je l'aurais assommé !

— Enfin, mademoiselle !

Prenant conscience de la portée de sa déclaration, la grande rousse battit l'air de sa main droite, en signe de dénégation.

— Oubliez ça ; je parle trop vite, parfois.

— Êtes-vous disposée à signer vos aveux ?

— Ce ne sont pas des aveux ! Si ce vieux bonhomme avait tenté de me faire chanter, j'aurais réagi avec violence, d'accord ; mais il ne l'a pas fait !

— Où vous trouviez-vous dimanche dernier ?

— Chez moi.

— Toute la journée ?

— Toute la journée.

— Quelles furent vos occupations ?

— Dormir, nourrir mes poissons rouges et lire mes magazines.
— Aucune visite ?
— Aucune.
— Pas d'homme dans votre vie ?
— Il ferait beau voir ! Tous des menteurs, des tricheurs et des voleurs. J'ai eu trois ou quatre fiancés, ça m'a suffi. Ils m'ont promis Venise, les Caraïbes, un bel appartement, des poissons exotiques, tout ça pour me...
— Nous avons compris, mademoiselle, l'interrompit Marlow.
— La solitude, il n'y a que ça de vrai, proclama-t-elle, les bras croisés. Dès qu'on fréquente, on est en danger. Mettez-moi en prison si ça vous amuse, mais seule.
— Difficile de demander un traitement de faveur pour une criminelle qui nie l'évidence.
— L'évidence, c'est que je n'ai pas massacré votre horloger ! Tant d'autres auraient mieux été placés pour le faire.
— Ces personnes-là, par exemple ?
Marlow plaça la liste des suspects sous les yeux de Rowena Grove.
— Je n'en sais rien. Votre horloger a dû voir ce qu'il ne fallait pas voir.
— Soyez plus claire, exigea Higgins, qui prenait des notes d'une écriture fine et rapide.
— À Buckingham, les valets et les femmes de chambre travaillent très tôt le matin ou bien en

début de soirée, pendant le dîner ; l'horloger, lui, n'avait pas d'horaire. Même la nuit, parfois, il circulait dans les couloirs afin de vérifier la bonne marche d'une pendule ou d'une horloge. Supposez qu'il ait surpris une scène bizarre.

— De quel ordre ?

— Je n'en sais rien, moi... quelque chose qui n'aurait pas dû se produire au palais.

Ni Higgins ni Marlow ne prirent cette hypothèse à la légère.

— Êtes-vous certaine que vous n'en savez... vraiment rien ?

— Certaine, inspecteur.

CHAPITRE XXVI

Après le départ de Rowena Grove pour sa cellule, un débat opposa Higgins à Marlow.

— Un complot, Higgins, il s'agit d'un complot contre la Couronne! Cet horloger était l'indicateur principal. Dans la liste des personnes renvoyées figurent certainement la tête pensante et les exécutants.

— C'est bien possible, mon cher Marlow; libérer cette femme me paraîtrait une bonne décision.

— Je m'y refuse. Si elle est coupable, voici un des membres de cette association criminelle sous les verrous; si elle sait réellement quelque chose, l'assassin n'hésitera pas à la tuer.

— Elle pourrait nous mener à lui.

— Je comprends votre stratégie, Higgins; vous lancez un certain nombre de chèvres en direction du bois, avec l'espoir que le loup en sortira.

— Votre analyse est un peu brutale; à dire

vrai, nous sommes quelque peu dans le brouillard.

— Risqueriez-vous la vie d'un des suspects pour découvrir la vérité?

— Certes pas.

— Je n'en ai jamais douté; donc, vous ne pensez pas que Rowena Grove soit en danger?

— Quel indice tendrait à le prouver?

— Mon intime conviction.

— Respectons-la; lorsqu'elle sera ébranlée, vous changerez peut-être de position.

Le téléphone sonna.

— Marlow, oui... qui? Oui, j'attendais des nouvelles... depuis hier soir? Qui? Non, ce n'est pas possible... vous en êtes certain? Oui, restez en faction... je m'en occupe, bien sûr.

Le superintendant, abattu, raccrocha.

— Des ennuis, Higgins, de très gros ennuis.

— Mabelle Goodwill, je suppose?

— Vous me surprendrez toujours : c'est bien elle qui est en cause. L'inspecteur en faction a obtenu un résultat, un épouvantable résultat.

— Je crois deviner; laissez-moi m'en occuper. Surtout, ne vous montrez pas; si les choses tournaient mal, seul un retraité serait impliqué.

Higgins releva son collègue qui n'avait quitté ni l'entrée de l'immeuble de Bickenhall Street où habitait Mabelle Goodwill ni les fenêtres de son appartement. Le policier, trempé et épuisé, fut heureux d'être relevé.

L'ex-inspecteur-chef, sanglé dans son *Tielocken,* se couvrit la tête d'une large casquette à carreaux qui le protégerait de la pluie. Étant donné l'heure, son attente devrait être de courte durée. Patienter ne le gênait pas ; au début de sa carrière, combien de « planques » avait-il tenues pour suivre les traces d'un suspect ? Ces moments-là permettaient de méditer, de stopper le temps et le monde. Le futile s'effaçait, l'essentiel surnageait.

Higgins contempla la façade de l'immeuble dont le mouvement légèrement ondulant était plutôt réussi ; le mélange de brique et de pierre se traduisait par un résultat élégant, typique du charme londonien.

Un peu avant dix heures, une Rolls Royce s'arrêta devant l'entrée de l'immeuble.

Higgins s'adressa au chauffeur :

— Vous pouvez partir, mon ami.

— Mais...

— Scotland Yard. J'ai un rendez-vous avec votre patron ; il prendra un taxi pour se rendre à son bureau.

— Mais ce n'est pas...

— Je sais, ce n'est pas son habitude. Pour vous comme pour lui, il vaut mieux que notre entretien demeure très confidentiel.

— À ce point-là?

Higgins acquiesça; le chauffeur accepta de s'éloigner.

Cinq minutes plus tard, un homme d'âge mûr, en costume trois-pièces d'une exceptionnelle qualité, descendit les marches de l'entrée monumentale. À son attitude, on voyait qu'il avait l'habitude de commander et surtout d'être obéi. L'absence de sa voiture l'étonna; son irritation était perceptible.

À la Chambre des lords, il se montrait tranchant et ne transigeait pas sur la morale publique; adversaires et amis redoutaient ses reparties cinglantes.

Higgins lui barra le chemin.

— Puis-je vous parler quelques instants?

Un œil méprisant se posa sur Higgins.

— À qui ai-je l'honneur?

— Inspecteur Higgins, de Scotland Yard.

— Votre nom ne m'est pas inconnu, je l'avoue... N'auriez-vous pas résolu quelques affaires criminelles particulièrement rocambolesques?

— S'il plaît à Votre Seigneurie.

— Ah... vous me connaissez?

— Nous nous sommes rencontrés en des endroits très... officiels.

— C'est bien ce que je craignais, en effet. Ma voiture va arriver, et...

— Je l'ai renvoyée.

— Qui vous a permis ?
— Les exigences d'une enquête à laquelle vous êtes mêlé.
— Moi ?
— Marchons un peu, voulez-vous ?
— Vous ne comptez pas me mettre en avant, j'espère ?
— Cela dépendra de votre attitude.
— Vous ne manquez pas d'aplomb, inspecteur.
— Vous êtes le... protecteur de Mabelle Goodwill, n'est-ce pas ?
— C'est une personne charmante, bien élevée et très séduisante.
— Mais sans ressources.
— Un homme de mon rang se doit d'aider la jeunesse.
— Elle sait vous témoigner sa gratitude.
— Vous êtes un homme très fin, inspecteur.
— Un personnage de votre qualité a, bien entendu, pris toutes ses précautions.
— Bien entendu.
— Vous êtes donc propriétaire de l'appartement.
— C'est l'évidence.
— Miss Goodwill n'a pas d'autre ami de cœur ?
— Ce serait la rupture immédiate et la fin brutale de notre grande affection ; on ne peut transiger avec certains principes.

— Tel est bien mon avis.

— Dites-moi, inspecteur... comptez-vous faire un rapport écrit au Yard?

Higgins demeura silencieux.

— De mon point de vue, continua le haut personnage, toute publicité, officielle ou officieuse, serait extrêmement désagréable. Qu'aurions-nous à y gagner, vous et moi? Un silence compréhensif de votre part pourrait vous valoir une...

— Pas un mot de plus; il risquerait d'être désastreux. Puisque vous avez répondu à mes questions, notre entretien est terminé.

CHAPITRE XXVII

— Vous, inspecteur... Si tôt? s'étonna Mabelle Goodwill.
— La matinée est déjà bien avancée.
— Pour moi, c'est presque l'aube.
— Auriez-vous mal dormi?
Les yeux verts se firent moins tendres, la jeune femme resserra les pans de son déshabillé vert d'eau.
— J'ai un excellent sommeil. Pardonnez-moi, mais je crains d'être pressée et de ne pouvoir vous recevoir.
— J'aimerais vous murmurer un nom à l'oreille.
Intriguée, elle se pencha; Higgins nomma le haut personnage. Mabelle Goodwill recula de trois pas.
— Puis-je entrer, à présent?
— Comment... comment avez-vous su?
— Honnêtement, ce n'était pas très difficile.
Au milieu de la bonbonnière, sur un plateau

d'argent, les reliefs du breakfast qu'avaient partagé le haut personnage et son hôtesse. Après avoir fermé la porte, Higgins apprécia de nouveau la somptuosité du décor. Comme il le vérifia les tapisseries murales étaient authentiques, de même que les meubles de style.

— Avez-vous emménagé ici dès votre sortie de Buckingham ?

— Par chance, ma période de vaches maigres fut assez brève. Mon... mon ami a jugé nécessaire de m'installer dans un cadre convenable.

— Est-ce vous qui avez choisi les tissus, les couleurs et les objets ?

— Oui, inspecteur. Budget illimité à condition de faire beau.

— Très réussi.

Les yeux verts devinrent inquiets.

— Vous me condamnez, n'est-ce pas ?

— Ce n'est pas mon rôle, mademoiselle ; je voudrais seulement savoir qui fut assez cruel pour tuer à coups de poing un vieillard sans défense. Soyez certaine que je ne renoncerai pas à découvrir la vérité, quels que soient les pièges tendus.

Mabelle Goodwill fut impressionnée par la fermeté de l'ex-inspecteur-chef ; afin d'éviter son regard, elle se tourna vers la fenêtre.

— Qui pourrait vous en blâmer ? C'est votre travail.

Higgins s'attarda sur les photographies d'intérieurs de châteaux et de paysages anglais.

— Travail admirable, apprécia-t-il ; seriez-vous photographe ?

— C'est le décorateur qui me les a conseillées, à la place de tableaux.

— Il a eu raison.

Vive, irritée, Mabelle Goodwill osa affronter son interlocuteur.

— Puisque vous savez tout, pourquoi m'interroger ?

— Parce que vous avez menti.

Elle haussa les épaules.

— Ça m'étonnerait.

— Mon collègue, le superintendant Marlow, est persuadé qu'une ou plusieurs personnes renvoyées de Buckingham sont liées à l'assassinat de l'horloger.

— Pas vous ?

— Rien ne prouve le contraire.

— Alors, vous me soupçonnez ?

— Vous avez menti en cachant vos liens avec un homme renvoyé de Buckingham, comme vous.

Mabelle Goodwill mit deux barrettes dans sa chevelure auburn.

— Son nom ?

— Andy Milton ; il prétend que vous fûtes sa maîtresse.

— Et vous le croyez !

— Ma foi, vous deviez former un très beau couple.

— Ce Milton prend ses désirs pour des réalités ! Nous nous sommes croisés, rien de plus ; ma parole contre la sienne.
— Le duel semble équilibré, estima Higgins.
— Que voulez-vous dire ?
Higgins prenait tranquillement des notes ; les yeux verts devinrent agressifs.
— C'est moi qui dis la vérité, inspecteur ; Milton affabule. Il ne suffit pas d'être un bel homme pour me séduire ; d'autres qualités sont nécessaires.
— Lesquelles ?
— Vous voulez vraiment le savoir ?
— S'il vous plaît.
Elle fut de nouveau mutine et séduisante.
— Je pourrais dire l'intelligence, la classe innée, la fougue amoureuse... Mais avant tout, c'est l'argent, inspecteur ! Beaucoup d'argent, la fortune même ! Et ce malheureux Milton ne la possède pas. Quant à l'horloger de Buckingham... Je suis complètement étrangère à toute cette affaire, soyez-en sûr.

Même le matin, la zone des docks était sinistre ; la pluie battante et le brouillard du printemps en faisaient un monde clos, gueule d'enfer où ne pénétraient que les désespérés et les exclus. Higgins n'avait pas le choix ; il lui fallait retourner dans le taudis de Rowena Grove.

Il emprunta la rue sans nom dans laquelle coulait un ruisseau de boue, de gravats et d'immondices, passa entre deux entrepôts à moitié effondrés et traversa le dépotoir. Il s'arrêta lorsqu'il aperçut trois individus qui tenaient un conciliabule à l'entrée d'un hangar en ruine ; l'un d'eux sortit un couteau et menaça ses camarades. Après une brève bagarre, ils le désarmèrent. Une bouteille de whisky scella la réconciliation.

Les trois hommes, d'un pas incertain, se dirigèrent vers l'endroit où se terrait Higgins.

La situation de l'ex-inspecteur-chef n'était pas des meilleures. Soit il s'enfuyait, signalait ainsi sa présence et serait probablement rattrapé ; soit il affrontait le trio qui n'hésiterait pas à le dévaliser. Malgré sa connaissance de certaines techniques de combat asiatique, Higgins avait peu de chances de sortir indemne d'un choc frontal.

Fuir n'était pas dans son tempérament ; il fit face.

Mains croisées derrière le dos, jambes légèrement écartées, il les regarda venir vers lui, sérieusement éméchés. Le premier qui distingua Higgins, dans le brouillard, fut pris de panique ; le second l'imita et prit ses jambes à son cou. Le troisième, moins ivre et plus vaillant, jeta un défi.

— Le fantôme des docks, moi, j'en ai pas peur ! hurla-t-il avant de détaler.

Higgins eût préféré être assimilé à l'esprit d'une cathédrale gothique ou d'un château médiéval, mais la dignité d'un fantôme, fût-ce celui des docks, ne se refusait pas.

Sa progression ne fut plus entravée. Le taudis où résidait Rowena Grove n'avait reçu aucune visite ; la fouille fut de brève durée et ne procura aucun résultat intéressant, mais l'ex-inspecteur-chef n'en attendait rien. Dans l'armoire en bois blanc, il trouva une dizaine de revues consacrées à l'histoire de la monarchie britannique.

Il s'attela à sa tâche prioritaire.

D'une poche de son *Tielocken,* il sortit un sac en plastique spécialement conçu pour servir de moyen de transport aux poissons rouges.

CHAPITRE XXVIII

Rowena Grove était émue aux larmes.
— C'est vrai ? Ils sont en sécurité ? Moi, dans ma cellule, je ne crains rien, mais eux...
— Mieux que cela, assura Higgins ; ils sont choyés.

Malcolm Mac Cullough avait accepté de prendre en charge les poissons rouges qui ne risquaient pas de détériorer livres et objets d'art. Comme résidence, il leur avait attribué un énorme aquarium victorien, décoré aux armes de Sa Majesté. La seule crainte de Higgins concernait une nourriture trop riche ; les poissons de Rowena Grove dégusteraient un certain nombre de gâteaux inédits. La taille de l'aquarium leur permettrait d'effectuer quantité de longueurs de bassin pour entretenir leur ligne.

— Je vous ai apporté vos revues.

Les yeux de la grande rousse chavirèrent ; à la hargne habituelle succéda une tendresse qui ne semblait pas feinte.

— Pourquoi faites-vous ça ?
— Parce que je ne suis pas encore persuadé de votre culpabilité.
— Et... ça viendra ?
— C'est possible.
— Vous n'êtes pas un policier comme les autres.

Cette phrase, Higgins l'avait entendu prononcer, bien des années auparavant, par le *Commissionner Chief Constable*, le grand patron du Yard, avec une nuance toute différente ; il s'agissait davantage d'une accusation que d'un compliment, et l'entretien s'était plutôt mal terminé. Le soir même, en dépit des cris d'orfraie de son puissant interlocuteur et de multiples appels à la raison, Higgins avait choisi la voie d'une retraite anticipée. Il est des moments, dans une existence, où accepter l'arbitraire revient à perdre son âme.

— Que pensez-vous réellement du meurtre de l'horloger de Buckingham ?
— Je n'y comprends rien, dit Rowena Grove ; si seulement je pouvais vous aider ! Mais qui avait intérêt à massacrer ce vieux monsieur ?

Après une douche bien chaude, Higgins se reposait dans sa chambre d'hôtel, tout en consultant ses notes, lorsque le téléphone sonna.

La voix de Scott Marlow était enthousiaste.
— Pouvez-vous venir à mon bureau, Higgins ?
— Est-ce si important ?
— Pour sûr ! Le coupable est venu se dénoncer.

L'ex-inspecteur-chef, après avoir jeté un coup d'œil par la fenêtre, continua sa cure préventive d'*Influenzinum*. Aujourd'hui encore, le *Tielocken* et la casquette seraient indispensables. Si Londres avait été à la campagne, ce temps l'aurait ravi. Comment mieux vanter les charmes d'une promenade sous la pluie que J.B. Harrenlittlewoodrof, dans ses *Sonnets printaniers* :

> *Le soleil verse, et naît l'averse ;*
> *Souris, terre verdoyante,*
> *Chante, fleur ivre de pluie,*
> *Épanouis-toi, cœur mouillé.*

— Nous sommes au bord du gouffre, déclara Marlow, inquiet. Les journaux à scandale ont mis leurs roquets sur l'affaire. Demain, l'assassinat de l'horloger de Buckingham sera une affaire d'État. Avoir un coupable sous la main, c'est une bénédiction.
— Peter Steed ?
— Lui-même, votre piège a fonctionné à merveille. Je le fais entrer ?

Peter Steed était en proie à une excitation extrême. Dépeigné, le col de chemise ouvert, la veste froissée, une chaussette blanche au pied droit et jaune au gauche, des chaussures non cirées, l'éphèbe blond faisait pitié.

— Superintendant... inspecteur... quelle abomination !

— Asseyez-vous, recommanda Marlow, et prenez tout votre temps ; nous sommes entre amis et vous pouvez nous raconter votre histoire sans rien omettre.

Peter Steed éprouvait quelque peine à respirer. Higgins lui servit un verre d'eau.

— J'ai tellement couru, expliqua le jeune homme ; je n'arrive pas encore à reprendre mon souffle. Dès que j'ai appris la nouvelle, j'ai cru défaillir... et vous ne m'avez rien dit !

— À quel propos ? demanda Higgins.

— L'assassinat de l'horloger, bien sûr ! Quand j'ai été informé, je...

— Qui vous a informé ?

Peter Steed tourna la tête à droite et à gauche, comme s'il cherchait du secours.

— Les journaux.

— Impossible, précisa Scott Marlow ; ils ne publieront la nouvelle que demain.

— La radio.

— Tout aussi impossible.

Le jeune homme s'effondra en pleurs.

— Vous ne comprenez pas ! Vous me posez

mille questions, vous me parlez de ce vieux bonhomme, vous regardez un tableau dont le modèle lui ressemble... et j'apprends qu'il a été assassiné ! Comment ne serais-je pas bouleversé ! J'ai aussitôt appelé le Yard.

— Voilà un fait bien établi, admit Higgins ; mais nous aimerions connaître le nom de votre informateur.

— À quoi cela vous servira-t-il ?

— Laissez-nous juges.

Peter Steed céda.

— Andy Milton m'a appelé, il y a deux heures. Il a bien tenté de tenir sa langue, en me disant que nous étions mêlés à une affaire de meurtre. J'étais tellement excité que j'ai voulu en savoir plus. Il a tenté de résister, mais ma curiosité a été la plus forte.

— Vous êtes donc resté en contact, après avoir quitté Buckingham Palace.

— De manière épisodique. Andy est un garçon agréable et intelligent ; je n'ai aucune raison de lui faire la tête.

— En tant qu'amateur de meurtres, a-t-il formulé une hypothèse ?

Peter Steed parut choqué.

— Ce n'est pas un jeu, inspecteur ! Un homme est mort... nous n'allons pas nous amuser à singer la police !

Steed but un second verre d'eau.

— Avez-vous joint Lady Fortnam ? interrogea Higgins.

— Qui ?
— Lady Fortnam, répéta l'ex-inspecteur-chef.
— Je ne connais pas cette personne, affirma le jeune homme.

Scott Marlow frappa du poing sur son bureau.

— Cela suffit, M. Steed ; êtes-vous prêt à signer vos aveux ?

L'éphèbe ouvrit des yeux hallucinés.

— Aveux... qu'est-ce que ça signifie ?
— Pourquoi avez-vous tué l'horloger de Buckingham ?

Peter Steed, épouvanté, se cramponna aux rebords de sa chaise.

— Pourquoi êtes-vous venu ici toutes affaires cessantes ? demanda Higgins.
— Mais... pour vous dire que j'étais innocent !

CHAPITRE XXIX

— Il ne me reste que Rowena Grove, soupira Marlow, après le départ de Peter Steed. Au moins, elle est coupable de fuite préméditée et d'agression sur des représentants de l'ordre.

À regret, le superintendant avait relâché le jeune homme blond qui devenait hystérique. Que retenir contre lui? Pourtant, Steed demeurait au premier rang des suspects.

— Trop fragile pour être honnête, et sans doute excellent comédien.

Higgins semblait indifférent.

— Vous n'êtes pas d'accord avec moi?
— Eh bien...
— Vous semblez contrarié, Higgins.
— C'est exact, mon cher Marlow.
— Que se passe-t-il?
— Quelque chose m'échappe; je vous avoue que c'est particulièrement irritant.
— Un fait? Un objet?

— Je l'ignore. J'ai vu et je n'ai pas noté. Impossible de m'en souvenir, à présent.

L'ex-inspecteur-chef était furieux contre lui-même ; après tant d'années de métier, commettre une pareille erreur ! Tant d'indices avaient défilé devant ses yeux... Mais ce n'était pas une excuse.

— Ne vous inquiétez pas ; ce détail vous reviendra.

— Ce n'était pas un simple détail ; mais quelque chose d'insolite.

— En rapport avec le crime ?

— Je n'en suis pas certain.

— En ce cas, quelle importance ?

— Ma rigueur personnelle.

« Voilà bien Higgins, pensa Marlow, toujours à rechercher une perfection qui n'était pas de ce monde. »

Un inspecteur déposa un rapport sur le bureau du superintendant. Le document relatait la filature appliquée à Steve Richtown.

— Écoutez ça, Higgins ; notre gaillard s'est enfermé chez lui jusqu'à ce matin. Très tôt, il est sorti, coiffé d'un grand chapeau. Il a observé les alentours un bon moment ; certain de n'être pas filé, il a enfourché un vélo et pris la direction d'Islington. Comme j'avais dix excellents spécialistes sur le terrain, il n'a rien remarqué. Laissant Islington Upper Street sur sa droite, il s'est engagé dans Chapel Street et s'est arrêté devant une sorte de magasin dont la vitrine est occultée

par un rideau noir. Il a sonné selon le rythme
2-4-2 ; on lui a ouvert, et il est resté un quart
d'heure à l'intérieur. Personne d'autre n'est sorti
de ce local que j'ai laissé sous surveillance.

— Excellent, mon cher Marlow ; ne perdons
pas une seconde.

Reposée, la vieille Bentley parcourut le trajet
en un temps tout à fait honorable.

L'allure du magasin était franchement sinistre ;
ni enseigne ni plaque ne signalaient les éventuelles activités de l'endroit.

Marlow utilisa le code. Un petit homme barbichu lui ouvrit.

— Qui vous envoie ? demanda-t-il d'une voix
acide.

— Scotland Yard.

Le pied du superintendant empêcha la porte de
se fermer.

— Pas de ça ! Reculez immédiatement.

Affolé, le petit homme obéit. Vêtu d'une
blouse blanche maculée de couleurs diverses, il
ne tenta plus de résister.

— Je suis innocent.
— Profession ?
— Je développe des photos.
— Quel genre ?
— Surtout artistiques.
— Pourquoi n'avez-vous pas pignon sur rue ?
— Mes clients sont des gens discrets.
— Votre laboratoire ?

— Il est privé, inspecteur.
— Superintendant.
Le regard noir de Scott Marlow dissuada le petit homme barbichu de lui demander s'il avait un mandat de perquisition.
— Surtout, ne dérangez rien !
Le laboratoire était équipé de la manière la plus moderne. À côté, un bureau impeccablement rangé ; dans des classeurs, les noms des clients et la nature de leurs commandes.
— Arturus, Andromaque, Néron... Vous vous moquez de qui ?
— Des pseudonymes, superintendant ; si vous me disiez ce que vous cherchez ?
— Un colosse est venu vous voir, ce matin.
— Oui, oui...
— Son nom ?
— Oh ! vous savez, les noms !
— Dépêchons-nous : son nom !
Richtown, confessa le petit homme en tremblant comme une feuille.
— Raison de sa visite ?
— Une pellicule à développer.
— Nature des photos ?
— Je l'ignore..., je vous jure que je l'ignore !
Marlow regarda Higgins qui hocha affirmativement la tête ; il croyait donc à la sincérité du technicien.
— Où se trouve-t-elle ?
— Dans le coffre, là, sur votre gauche.

— Ouvrez-le vous-même.

Toujours tremblant, le petit homme s'exécuta ; au passage, Marlow aperçut quelques photographies « artistiques » que la morale la plus élémentaire aurait sévèrement condamnées ; mais il n'avait pas le temps de s'y intéresser.

— Travaillez-vous depuis longtemps avec Richtown ? demanda Higgins.

— Environ deux ans ; ce n'est pas un gros marché, mais c'est régulier.

— Et il vous a donné son vrai nom ?

— C'est un homme sûr de lui, violent et costaud ; il m'avait prévenu : si je parlais, il me corrigeait.

— Auriez-vous l'obligeance de procéder au développement ? suggéra Higgins.

— La déontologie.

— Nous enquêtons sur un crime.

— Ah ! Soyez persuadé que je suis tout disposé à vous aider.

Le petit homme barbichu travailla avec rapidité et précision.

— Ce sont de magnifiques clichés, commenta-t-il ; la personne qui les prend a beaucoup de goût.

Marlow et Higgins découvrirent des paysages de la campagne anglaise sous la pluie ; cadrages superbes, effets de lumière, poésie des sujets : de petits chefs-d'œuvre, en effet.

— Nous avons beaucoup de questions à poser à Steve Richtown, déclara Marlow, gourmand.
— N'en faisons rien, recommanda Higgins ; le brouillard se déchire un peu.

CHAPITRE XXX

D'un côté, Marlow était mécontent ; de l'autre, il reprenait espoir. Mécontent, parce qu'il tenait un superbe suspect sans pouvoir le prendre à la gorge, satisfait, parce que la décision de Higgins prouvait qu'il adoptait une attitude conquérante et qu'une piste, enfin, se traçait devant eux.

La vieille Bentley elle-même ressentait ce nouvel élan ; le temps d'un parcours, sa carburation retrouva un parfum de jeunesse.

— Sans vouloir insister, Higgins, je crois que mon idée n'était pas mauvaise.

— La liste des exclus de Buckingham ? Admirable. Une de vos plus belles intuitions.

— Lequel allons-nous interroger ?

— Aucun d'entre eux ; nous avons un peu trop négligé la personne qui a découvert le cadavre.

— Suzan Colombus ? Mais elle est inoffensive !

— La sœur de la victime, musicienne et calculatrice ; n'avons-nous pas une question précise à lui poser ?

— Si, reconnut Marlow, persuadé que la vieille fille était étrangère au crime, même si quelques mensonges lui avaient échappé.

La pluie, si printanière fût-elle, rendait plus sinistre encore la banlieue où habitait la sœur de l'horloger de Buckingham. « Curieuse espèce que la race humaine, pensa Higgins ; capable de bâtir pyramides, temples et cathédrales mais aussi les pires horreurs et de condamner des populations entières à y vivre. » N'était-il pas trop tard pour refaire le monde ?

La petite maison en briques ne s'était pas transformée en palais et aucun carrosse n'attendait la vieille demoiselle ; son maigre jardinet, gorgé d'humidité, semblait dépérir. Le rideau se souleva avant que Marlow ne frappât au carreau de la porte d'entrée.

Un tablier à fleurs sur sa robe marron foncé, Suzan Colombus ouvrit.

— Du nouveau, messieurs ?

— Si l'on veut, répondit Higgins.

— Vous êtes bien énigmatique, inspecteur !

— Vous aussi, mademoiselle.

Elle ne soutint pas longtemps le regard de l'ex-inspecteur-chef.

— Vous voulez entrer ?
— C'est indispensable.

Le petit intérieur, aux odeurs d'humidité et de mauvaise cire, parut hostile aux deux policiers, comme s'il voulait les expulser. Dans le salon, le luth avait disparu, rangé dans une armoire. Ne subsistait que du matériel de couturière.

— Je suppose que vous n'avez toujours pas arrêté l'assassin de mon frère, attaqua Suzan Colombus.

Higgins se pencha sur la mousseline de coton très claire qu'utilisait la vieille demoiselle.

— De la cingalette; ses spécialistes se font rares.

— Vous connaissez ?

— En Inde, c'est assez courant; mais il faut beaucoup de dextérité pour la manier.

— Je réalise des patrons, révéla la couturière.

— Des doigts de fée, constata Higgins : vous servent-ils aussi à peindre ?

Les lèvres minces se réduisirent à une ligne sans épaisseur; un œil méchant observa Higgins.

— Que sous-entendez-vous ?

— Vous le savez fort bien, mademoiselle. Il y avait un tableau dans ce salon.

Higgins avança d'un pas et désigna le milieu du mur principal.

— Ici, exactement. Il fut accroché pendant plusieurs années. Les traces sont encore visibles.

— Une croûte sans intérêt.

— Ce n'était pas une œuvre géniale, j'en conviens, mais son sujet méritait l'attention.

Très raide, Suzan Colombus ne proposait même pas à ses hôtes de s'asseoir.

— Pas de mon point de vue.

— N'était-ce point le portrait de votre frère ?

La demoiselle susurra une réponse inaudible entre ses dents.

— D'où provenait ce tableau ?

— Héritage familial.

— L'horloger de père en fils, n'est-il pas vrai ?

L'explosion de colère surprit Marlow ; Suzan Colombus s'exprima avec rage.

— Fils, père, grand-père, arrière-grand-père et je ne sais combien d'aïeux ! Des horloges et des pendules, des pendules et des horloges... voilà le seul intérêt de notre maudite famille depuis des siècles ! Persian m'avait confié ce tableau comme notre bien le plus précieux. J'en ai eu assez de le voir hanter ma maison, jour et nuit, et je me suis décidée à le vendre.

— Sans demander l'avis de votre frère ?

— Évidemment ! Il aurait refusé, avec son amour de la tradition, des coutumes et du passé.

— Aviez-vous l'intention de vous adresser à Norman Catterick ?

— Surtout pas ! Il aurait vendu la mèche et mon frère aurait récupéré le tableau ; je l'ai vendu à un marchand de théières de Portobello qui n'y entend rien en peinture et se moque des horlogers. Cette détestable toile partira dans un lot et je ne la reverrai jamais.

— Qui sait, mademoiselle ? Le passé ne nous quitte pas aussi aisément. Votre frère a-t-il eu connaissance de votre geste ?

— Non, inspecteur ; il a été assassiné avant de constater sa disparition.

— Vous le haïssiez donc à ce point ?

Ses doigts s'entrecroisèrent et elle les serra à les faire craquer.

— C'était mon droit. Persian ne ressemblait plus à un être humain ; il ne s'intéressait qu'à son métier, ne m'adressait jamais la parole, s'enfermait dans un silence aussi ancien que la monarchie qu'il servait. Qui aurait pu aimer un tel homme ?

Higgins avait invité Marlow à dîner. Au cuisinier, l'ex-inspecteur-chef avait demandé un menu très particulier : harengs grillés à la sauce moutarde, omelettes au jambon fumé et « crapauds dans le trou », à savoir de petits morceaux de bifteck enrobés de pâte et passés au four. Un excellent champagne accompagnait cet ensemble qui émut le superintendant.

— Les mets préférés de la reine-mère : vous me gâtez, Higgins.

— Vous le méritez, mon cher Marlow, car

vous conduisez cette enquête avec talent et compétence.

Les compliments de Higgins étaient si rares que le superintendant se sentit rougir.

— Il reste un détail à vérifier : le *Royal Warrant*.

— Vous voulez parler du fournisseur d'horloges et de pendules agréé par la Couronne ?

— Il se nomme R.G. Lawrie et réside à Cambridge. Un homme courtois, qui a bien voulu répondre à mes questions, bien que nous fussions reliés par téléphone.

— Que vous a-t-il appris ?

— Il éprouvait le plus grand respect pour Persian Colombus qui chérissait pendules et horloges de Buckingham Palace avec une attention de tous les instants. D'après lui, un homme honnête et un honnête homme. Si le moindre vice avait déparé son existence, sa carrière eût été brisée.

Les « crapauds dans le trou » étaient délicieux ; en dépit de la difficulté du moment, Marlow les apprécia.

— Vos compliments ne sont guère mérités, Higgins. En fait, je patauge.

— Confidence pour confidence, moi aussi ; mais il n'y avait pas d'autre méthode.

— Que comptez-vous faire, à présent ?

— Attendre.

— Nous n'avons pas ce luxe, Higgins.

— Ce ne sera pas long, mon cher Marlow. Nous avons donné tant de coups de pied dans la fourmilière que les réactions sont inévitables.
— L'assassin est une brute. S'il se terrait ?
— Nous le débusquerons, j'espère. Demain, ne tentez pas de me joindre avant quatorze heures.

CHAPITRE XXXI

À onze heures douze, la pluie cessa.

À onze heures et demie débuta la relève de la garde à l'entrée principale de Buckingham Palace. Comme d'habitude, un public nombreux et recueilli assista à l'imposante cérémonie, réglée avec minutie. Avec une satisfaction toujours égale, la statue de la reine Victoria contemplait la pièce impeccablement jouée par les fantassins de la brigade des *Guards* et les cavaliers, les fameux *Horse Guards*. Magnifiques dans leur veste rouge et leur pantalon noir, les fantassins portaient le lourd bonnet à poils qui leur mangeait le front et cachait presque les yeux. Tant que l'Angleterre existera, proclamait une fière devise, les gardes existeront.

Parmi les spectateurs, un homme à l'embonpoint marqué et aux favoris broussailleux ne perdait pas une miette des mouvements qu'accomplissaient les soldats d'élite. Pour la circonstance, il avait ôté sa casquette et ne fumait pas la pipe. Rien ne devait le distraire.

— Grandiose, murmura son voisin.

— Vous pouvez le dire. Je ne rate pas une seule relève. Je suis capable d'identifier les cinq régiments de gardes à pied, de vous décrire l'uniforme d'un caporal-chef de la garde irlandaise, d'un tambour de la garde écossaise ou d'un officier de la Coldstream.

— Je n'en doute pas, M. Catterick.

Le marchand de Portobello Road se tourna lentement vers son voisin.

— Inspecteur Higgins!

— J'espérais bien vous trouver ici; le hasard n'a joué aucun rôle, puisque vous êtes un fidèle.

— Rien n'est plus beau que la relève de la garde, inspecteur; tout est immuable, rien ne varie, le temps n'a aucune prise sur le rituel. Et ces hommes remplissent le plus haut et le plus noble des devoirs : protéger Sa Majesté.

— Vous avez dissimulé la vérité, M. Catterick, en affirmant que vous aviez oublié l'échec qui a marqué votre existence. Devenir *Horse Guard :* un rêve impossible à effacer, n'est-ce pas?

— Impossible, vous avez raison... J'ai été refoulé parce que je ne me tenais pas assez droit. Pas une nuit, je n'ai cessé de songer à ce casque, à cet uniforme, à ces bottes, à ce cheval... Parfois, je vois un officier qui se dirige vers moi et m'annonce, de sa voix forte : Catterick, vous êtes engagé ! Puis, il faut se réveiller, revêtir l'habit d'un marchand de Portobello, acheter et vendre. Par bonheur, il y a la relève de la garde ! Le rêve en plein jour, le paradis sur terre. Au fond, je suis un homme heureux.

— Pourquoi avoir menti ?

— Votre collègue, le superintendant, aurait été incapable de comprendre.

— Vous avez eu un échange un peu vif, il est vrai, mais vous devez comprendre un policier qui tente d'identifier un criminel.

— M'accuser, moi, de cette manière ! Persian était un drôle d'ami, d'accord, mais mon seul ami. Je pouvais lui parler des heures durant des *Horse Guards* sans qu'il m'interrompe. Sans doute songeait-il à ses pendules, mais il ne s'en allait pas.

— Peu avant le drame, n'a-t-il pas eu une attitude bizarre ?

— J'ai beau réfléchir, je ne vois pas. Je ne cesse de chercher un détail, de déceler une cause possible de sa mort. Tout ça n'a aucun sens... aucun.

La relève de la garde s'achevait.

— Pardon de vous avoir importuné, M. Catterick.

— Je vous en prie, inspecteur... faites-moi une promesse.

— Laquelle ?

— Ne laissez pas sombrer dans l'oubli l'horloger de Buckingham.

Un message de Scotland Yard attendait Higgins à l'hôtel Phœnix ; le superintendant Marlow le demandait avec impatience. Le taxi emprunta Bayswater Road, longea les jardins de Kensington, contourna Marble Arch, s'engagea dans Park Lane, dépassa Hyde Park Corner et déposa Higgins près des *Royal Mews.* L'ex-inspecteur-chef avait décidé de terminer le chemin à pied, en marchant dans Victoria Street jusqu'au siège du Yard.

Une brève ondée ne le troubla pas. Malgré tous ses efforts, il ne parvenait toujours pas à se souvenir de l'infime détail qu'il n'avait pas su noter au bon moment. Subsistait un léger espoir ; qu'il lui manquât l'élément susceptible d'éveiller sa mémoire, de s'emboîter en elle comme un tenon dans une mortaise. Si le crime répondait à une logique, cette opportunité lui serait offerte ; sinon, un abominable meurtrier échapperait au châtiment.

Dans le bureau du superintendant était assis un Andy Milton élégant et nerveux. Costume sombre à rayures, parfum poivré, cheveux noirs coiffés avec soin, il donnait l'image d'un véritable play-boy prêt à conquérir le monde.

— Comment vont vos livraisons de lait, M. Milton ?

— Au mieux, inspecteur.

— Le témoin s'est présenté de lui-même, indiqua Scott Marlow, sceptique.

— Le meurtre de l'horloger m'a bouleversé, déclara l'ex-valet de pied adjoint, concentré ; à la réflexion, je ne vous ai pas tout dit.

Higgins tourna autour d'Andy Milton qui continua à regarder fixement devant lui.

— C'est peut-être peu de choses, mais je ne peux plus le garder pour moi. Pour vous, un infime détail peut être l'élément capital d'un puzzle.

— Exact, admit Higgins ; votre goût pour les enquêtes policières s'accompagne d'idées justes. Nous vous écoutons avec la plus grande attention.

— Ma liaison avec Mabelle Goodwill, à l'exception de notre première rencontre, fut plutôt orageuse ; Mabelle a un caractère instable et ses caprices sont plutôt lassants. J'ai rompu avec grand plaisir, je vous l'avoue, bien qu'elle soit belle et attirante. Une nuit, elle m'a raconté une bien étrange histoire ; quand elle était enfant, elle s'amusait à terroriser ses camarades qui la surnommaient « fléau mortel ».

— C'est tout ? s'étonna Marlow.

Andy Milton hocha négativement la tête.

— Je dois attirer votre perspicacité sur un fait

majeur, messieurs; aucun valet de pied ne peut entrer dans la chambre d'une dame. C'est obligatoirement une femme de chambre qui porte son petit déjeuner à une femme de qualité qui réside au palais; le protocole est très strict sur ce point. Imaginez-vous le scandale, s'il avait été violé?

— Par qui l'aurait-il été? demanda Higgins.

— Je l'ignore, mais quelqu'un a peut-être assisté à un spectacle qu'il n'aurait pas dû voir.

— L'horloger de Buckingham?

— Une preuve?

— Non, mais l'explication d'un meurtre.

— Intéressant, admit Higgins, mais il faudrait d'abord établir une vérité plus simple.

— Vous m'intriguez, inspecteur.

— J'aimerais que vous rencontriez quelqu'un et que vous confrontiez vos points de vue.

Conformément aux instructions de Higgins, Marlow avait appelé Mabelle Goodwill dès qu'Andy Milton était entré dans son bureau. La jolie courtisane aux cheveux auburn attendait dans le couloir. Higgins l'invita à se joindre à la réunion en cours.

Les yeux verts se fixèrent aussitôt sur Andy Milton.

— Andy! qu'est-ce que tu fais ici?

— Je témoigne, Mabelle.

— Tu continues à mentir, plutôt.

— Mabelle, ne recommence pas.

— Recommencer quoi? Tu as osé affirmer, paraît-il, que nous avions eu une liaison!

Andy Milton se leva et tenta de la prendre par les épaules ; elle le repoussa brutalement.

— Ne me touche pas, et cesse de raconter des fadaises !

— Mais, Mabelle, notre liaison...

Elle le gifla. Stupéfait, l'ex-valet de pied adjoint émit une plainte sourde, tandis que la passionaria claquait la porte du bureau de Scott Marlow.

CHAPITRE XXXII

— Mouiller vos cheveux serait regrettable, dit Higgins à Mabelle Goodwill en lui tendant un parapluie qui la protégea d'une averse fournie.

La jeune femme marchait vite en se dirigeant vers l'abbaye de Westminster; l'ex-inspecteur-chef soutint le rythme en attendant que la nervosité s'apaisât et que l'allure fût plus raisonnable. À l'approche du grandiose bâtiment, Mabelle Goodwill ralentit.

— Vous m'avez tendu un piège, inspecteur.

— Une bien innocente confrontation, mademoiselle.

— Innocente? Vous ne manquez pas d'aplomb!

— Si vous me disiez la vérité, à présent?

La vision de la célèbre abbaye, pétrie d'Histoire, de joies et de drames, ébranla l'ex-laveuse de vaisselle précieuse qui se résolut à être sincère.

— J'accepte, dit-elle, émue, et je vous dois

bien ça, puisque vous ne cherchez pas à me nuire. À votre place, bien d'autres auraient agi avec cruauté.

— Une disposition d'esprit qui m'est étrangère, mademoiselle.

— Ce n'est pas gênant, dans la police ?

— Parfois.

— N'auriez-vous pas désobéi à vos supérieurs, en certaines occasions ?

— Sauf votre respect, le moment est peut-être mal choisi pour me soumettre à un interrogatoire.

— Pardonnez-moi, je suis idiote.

— Certes pas, mademoiselle ; votre agilité d'esprit est même tout à fait remarquable.

En dépit de la pluie, les promeneurs n'étaient pas rares. D'abord, c'était quand même le printemps ; ensuite, le maniement du parapluie, souvent inné, s'affirmait comme un art typiquement britannique. Nombre de gentlemen parvenaient à traverser une averse sans la moindre goutte de pluie sur leur costume.

Après avoir emprunté Great College Street et traversé Abingdon Street, Mabelle Goodwill et Higgins allèrent s'asseoir sur un banc des jardins de Victoria Tower ; bien abrité, il était à peine mouillé. Avec son mouchoir, l'ex-inspecteur-chef essuya l'endroit où prit place son interlocutrice, souriante.

— Vous êtes si galant ! Je n'ose vous demander si vous êtes marié ?

— Vous avez raison ; l'existence d'un serviteur du Yard est beaucoup moins passionnante que la vôtre.

— Parfois, elle est un peu triste ; la solitude est un fléau qui n'épargne personne.

— C'est aussi une grande richesse ; à l'heure du passage suprême, nous serons seuls face à la mort, comme l'horloger de Buckingham.

La réserve de Mabelle Goodwill se brisa.

— J'aimerais... j'aimerais ne plus jamais en parler.

— Une âme errante demande justice.

— Que voulez-vous dire ?

— J'ai toujours pensé que l'âme d'un être assassiné ne trouvait pas le repos avant que le coupable fût identifié.

— Quelle étrange théorie. Croiriez-vous aux fantômes ?

— Ils appartiennent à notre tradition. J'en ai rencontré un, dans un château écossais, qui a joué un rôle non négligeable dans mon enquête[1].

— L'horloger n'était tout de même pas un fantôme !

— Non, hélas pour lui ! Sinon, il aurait échappé aux coups de son agresseur.

La pluie faiblit ; un arc-en-ciel se déploya au-dessus de l'abbaye de Westminster.

— Splendide, dit-elle.

— La nature n'est pas avare de miracles ;

1. Voir *Le Secret des Mac Gordon*.

combien de temps encore saurons-nous les admirer ?

— Inspecteur...

— Oui, mademoiselle ?

Mabelle Goodwill prit tendrement Higgins par le bras gauche.

— Cette fois, je voudrais vraiment tout vous dire... Je sens que vous ne me condamnerez pas.

La jeune femme se concentra, comme si elle rassemblait des souvenirs très lointains.

— Faire partie du personnel de Buckingham Palace fut une grande joie pour moi. Servir la reine, contribuer au maintien de nos coutumes, collaborer, même modestement, à notre grandeur, j'étais éblouie! Ensuite, j'ai déchanté. Rivalités, querelles internes, désir de promotion à tout prix : aux cuisines, on ne se faisait pas de cadeaux.

— Étiez-vous si naïve ?

— Oui, je l'avoue.

— Avez-vous été rejetée ?

— Non, j'ai su me tenir à ma place. L'une des plus vieilles servantes m'a même pris sous son aile ; elle vénérait la reine et vivait dans la crainte permanente d'un attentat. Le palais est si mal protégé, paraît-il!

« Tant que Marlow n'aura pas la responsabilité de la sécurité d'Élisabeth II, pensa Higgins, elle ne sera pas correctement assurée ! »

— Saviez-vous, inspecteur, que plusieurs individus avaient tenté de s'introduire dans la chambre de Sa Majesté?

— On le murmure, en effet.

— La vieille servante m'a révélé un fait beaucoup plus grave encore, en me faisant jurer de ne plus jamais en parler à l'extérieur du palais. Voici pourquoi je me suis tue.

— Cette rigueur vous honore.

— Mais il y a eu ce meurtre! Ne dois-je pas...

— Je ne veux pas vous influencer, mademoiselle; que votre conscience décide.

Mabelle Goodwill se mordilla les lèvres.

— Ce pauvre homme assassiné... Non, je ne peux plus me taire! Mais promettez-moi, inspecteur, promettez-moi d'être discret.

Un regard conciliant lui répondit.

— Voilà ce qui s'est passé: un photographe fut accrédité à Buckingham pour prendre quelques clichés des principales pièces du palais. L'homme s'est présenté à l'heure dite, s'est même préparé à faire un portrait officiel de la reine, puis a disparu. Les valets de pied sont partis à sa recherche, craignant d'avoir affaire à un cambrioleur ou, pis encore, à un terroriste. C'est une femme de chambre qui l'a retrouvé, caché dans la chambre de Sa Majesté. L'homme s'est excusé; il a prétendu s'être trompé d'endroit. Bien entendu, il fut aussitôt expulsé.

— Ses photos?

— Son appareil fut confisqué et la pellicule détruite.

— Ces événements sont-ils anciens ?

— Une quinzaine d'années. Les plus proches serviteurs de Sa Majesté furent réprimandés et l'on procéda à une enquête interne ; comme l'horloger refusa de s'exprimer, certains l'accusèrent d'avoir fermé les yeux ou même d'avoir été complice.

Higgins prit des notes sur son carnet noir.

— N'était-ce pas important, inspecteur ?

— Si, mademoiselle.

— J'ai trahi mon serment.

— Je suis une tombe.

— Tout cela n'est guère favorable au malheureux horloger.

— Seule compte la réalité.

— Viendriez-vous prendre le thé, demain après-midi, chez moi ?

— Souvenez-vous, mademoiselle : vous avez passé un contrat avec un puissant personnage.

Mabelle Goodwill baissa les yeux.

— Aujourd'hui, je le regrette.

CHAPITRE XXXIII

— Ni au Yard ni à mon hôtel, exigea Higgins.
— Pourquoi tant de précautions ? demanda Marlow, étonné.
— Parce que notre conversation doit rester à l'abri de toute oreille indiscrète.
— Scotland Yard, tout de même...
— Pour le moment, je ne jure plus de rien.

Intrigué et inquiet, Marlow accepta de prendre sa Bentley et de rouler vers les quartiers Ouest. Lorsque Higgins aperçut une rue déserte, il demanda au superintendant de se garer. Pendant le trajet, ce dernier avait fulminé contre les journaux à scandales qui s'emparaient de l'affaire. Comme d'habitude, la police était traînée dans la boue et quelques anarchistes osaient même s'attaquer à la Couronne, en lui reprochant de ne pas savoir protéger ses plus fidèles serviteurs. D'après les plus enragés des plumitifs, Scotland Yard avait plusieurs coupables en vue : le spectre de Jack l'Éventreur, un horloger jaloux, un rôdeur non identifié et un boxeur professionnel. Le *Times,* prudent, avouait manquer d'informations sérieuses et retraçait l'impeccable carrière de la victime.

Higgins regarda dans le rétroviseur.

— Nous n'avons pas été suivis, constata-t-il.
— Que craigniez-vous?

L'ex-inspecteur-chef s'assura que personne ne les observait ; son sixième sens de félin le rassura.

— Notre conversation sera strictement amicale, mon cher Marlow ; elle ne doit figurer dans aucun rapport.
— Si elle n'a pas de rapport avec l'enquête, je...
— Elle est au cœur de l'enquête.
— En ce cas, vous me demandez beaucoup.
— Mes révélations sont à ce prix ; votre parole, superintendant.
— Vous l'avez.

Higgins rapporta l'essentiel de son entretien avec Mabelle Goodwill. Marlow fut atterré.

— Vous supposez que...
— On peut tout supposer, estima Higgins. Le photographe a pu conserver des clichés compromettants.
— Je n'y crois pas, la fouille a dû être sévère. Et aucun scandale n'a éclaté.
— À mon avis, la reine n'a pas été informée et l'on a étouffé l'incident ; pourtant, il nous faut obtenir le nom de ce photographe.

— Cet homme a acheté l'horloger, indiqua Marlow : comme Persian Colombus connaissait parfaitement le palais, il lui a indiqué le chemin le plus discret pour atteindre la chambre de Sa Majesté, et lui a sans doute ouvert quelques portes avec son trousseau de clés.

— Cette reconstitution des faits me semble excellente, reconnut Higgins ; mais subsiste une énigme ; pourquoi le photographe a-t-il sauvagement assassiné son complice, quinze ans plus tard ?

— Parce qu'il détenait un document compromettant, ou craignait qu'il soulage sa conscience en le dénonçant.

— Votre première solution me semble plus satisfaisante, mais quel type de document ?

— Le problème est insoluble, Higgins ; retrouvons ce malfaiteur doublé d'un assassin.

— La tâche ne sera pas facile. Buckingham Palace est un monde fermé ; les langues ne se délieront pas aisément. Notre seule possibilité d'obtenir la vérité, c'est Bobo. À condition qu'elle consente à me parler.

— Vos chances ?

— Une sur dix.

Obtenir une audience de la femme de chambre et confidente de Sa Majesté était un authentique exploit ; Higgins userait de toutes ses relations au palais, mais la réussite s'annonçait incertaine.

Nerveux, Marlow ne parvenait pas à se concentrer ; le téléphone l'importuna une fois de plus.

— C'est moi, oui... qui ?... Vous êtes sûr ? Oui, amenez-le.

Un policier en uniforme introduisit Steve Richtown dans le bureau du superintendant. Le colosse avait fait un effort d'élégance, même si son costume gris n'était pas coupé à la perfection.

— M. Richtown ! Quel bon vent vous amène ?

— Je suis un peu perdu.

— Diable ! Votre conscience vous tourmenterait-elle ?

— Ma conscience ? Elle est en paix.

— Vous avez de la chance ; c'est si rare, de nos jours.

L'ex-bagagiste semblait gêné.

— Est-ce que... vous avez arrêté l'assassin ?

— Pas encore, mais les nouvelles ne sont pas trop mauvaises.

— Ah ? Les journaux...

— Ne lisez pas trop la presse, M. Richtown ; elle raconte souvent n'importe quoi, surtout en matière d'affaires criminelles.

De plus en plus nerveux, le colosse, un peu à l'étroit dans son costume, gratta ses épais sourcils.

— Justement, comme l'assassin de l'horloger ne doit pas s'échapper, j'ai songé à une méthode infaillible.
— Passionnant. Vous connaissez le coupable ?
— Moi, non ; la victime, oui !
— Et vous avez trouvé le moyen de l'interroger ?
— Je crois.
Marlow sentit une sourde colère monter en lui.
— Je vous écoute.
— Il paraît que je suis hypersensible.
— Tant pis pour vous ; alors, cette technique ?
— Je pourrais servir de médium.
Excédé, le superintendant se leva.
— Le spiritisme, c'est ça ? Quittez ce bureau immédiatement, Richtown. Si vous me faites perdre mon temps encore une fois, je vous boucle !

— Une bière bien fraîche, Higgins ?
— Volontiers, superintendant.
L'ex-inspecteur-chef semblait épuisé ; il ne songea même pas à déboucler la ceinture de son *Tielocken* et, sans l'indispensable maintien seyant à sa fonction, se serait volontiers affalé sur un siège. Marlow sentit qu'il devait lui laisser reprendre son souffle.

— Richtown m'a rendu visite.
— Motif?
— Organiser une séance de spiritisme afin d'obtenir le nom du coupable. Le gaillard commence à perdre pied; comme il n'est pas doué pour le mensonge, il a jeté une sorte d'appel au secours. Je n'ai pas répondu sur-le-champ; qu'il mijote encore un peu et il sera à point.
— Excellente stratégie.
— Et de votre côté?
Higgins huma une pochette parfumée à son eau de toilette.
— Une épreuve redoutable, mon cher Marlow; Bobo est une très forte personnalité.
— Elle vous a donc reçu?
— Une bonne heure. Par chance, j'ai pu répondre à son questionnaire serré sur la monarchie.
— Vous a-t-elle donné une indication?
— Indirectement; une allusion m'a permis de comprendre que le chef de cuisine accepterait d'aborder le drame. Sans être très explicite, il m'a envoyé vers un valet de pied. Je vous passe la suite du parcours. Une femme de chambre à la retraite, grande amie de celle qui révéla la vérité à Mabelle Goodwill, accepta de se confier. Elle a confirmé les faits, persuadée que le photographe n'a emporté aucune pellicule. Le palais n'a pas

porté plainte contre lui afin d'éviter toute publicité.
— Magnifique, Higgins, mais...
— Le nom du photographe ? Gregor Nerouzian.

CHAPITRE XXXIV

Avec son énergie coutumière, Scott Marlow déploya toute la puissance de feu de Scotland Yard. De l'ordinateur central aux indicateurs de quartier, toutes les armes de la plus célèbre police du monde furent utilisées pour établir le dossier de Gregor Nerouzian et retrouver sa trace. Deux heures plus tard, une fiche était déposée sur le bureau du superintendant. Un dénommé G. Nerouzian avait habité dans Foley Street, près du Middlesex Hospital, à la date des événements.

— Méthode douce ou brutale ?

— Commençons par la douce, recommanda Higgins.

Les deux hommes sollicitèrent donc la Bentley qui démarra sans renâcler.

— Je songe à l'appareil photographique que nous avons découvert chez la victime, déclara l'ex-inspecteur-chef.

— Celui du coupable ?

— Sans nul doute.
— Il l'avait donc déposé chez l'horloger ; voilà une nouvelle preuve de leur complicité.
— Pourquoi a-t-il agi ainsi ? demanda Higgins.
— Une seule explication : il craignait d'être perquisitionné.

Higgins consulta les premières notes qu'il avait prises, y ajouta la remarque de Marlow et laissa reposer les faits dans son esprit.

À l'adresse décelée par le Yard se trouvait un immeuble de bureaux occupé par une compagnie d'assurance. Marlow écarta les obstacles et accéda au bureau du directeur, un homme pontifiant d'une quarantaine d'années qui se plaignit de cette intrusion. Le terme « d'enquête criminelle » l'amena à une attitude plus conciliante.

— Depuis quand êtes-vous installé ici ? demanda Higgins.
— Une vingtaine d'années.
— Avez-vous eu un employé du nom de Nerouzian ?
— Facile à savoir.

Alertée, la secrétaire joignit le chef du personnel qui consulta son fichier et rendit compte au directeur.

— Pas de Nerouzian, messieurs.
— Le Yard n'a pu se tromper, bougonna Marlow.
— Existe-t-il des chambres de bonne ? demanda Higgins.

— Je crois, oui.

Marlow et Higgins sortirent de l'ascenseur au sixième étage et montèrent à pied au septième où résidaient une douzaine de personnes. L'une d'elles se souvenait du nom de « Nezourian » mais fut incapable d'en donner une description, même sommaire ; l'homme ne se montrait jamais et ne passait chez lui que la nuit. Lorsqu'il avait déménagé, la voisine avait demandé son adresse pour lui faire suivre son courrier ; rugueux, il s'était contenté de lui remettre un morceau de papier sur lequel était inscrit : 15, Falkirk Street.

— C'est dans Hoxton, indiqua Marlow. Allons-y.

L'immeuble de Falkirk Street était bien entretenu ; parmi les occupants ne figurait aucun Nezourian. Marlow et Higgins procédèrent à des interrogatoires rapides. Là encore, une vieille demoiselle, qui avait toujours habité là, se souvint qu'un personnage bizarre avait occupé quelque temps une chambrette située sous les toits. Comme elle le jugeait suspect, elle l'avait suivi à deux reprises. Nerouzian, si c'était bien lui, s'était rendu dans une boutique voisine.

Marlow poussa la porte de la boutique. À l'intérieur, trois hommes soudaient du métal.

— Scotland Yard, annonça le superintendant.

Il fallut une bonne dizaine de minutes pour que les ouvriers cessent le travail et déposent leurs outils. Le patron vint à la rencontre des policiers.

— Qu'est-ce que vous voulez? On est des honnêtes travailleurs, ici; jamais eu d'ennuis avec le Yard.

— Connaissez-vous un nommé Gregor Nerouzian?

— Moi, non. Je vais demander à mes gars.

Les deux autres répondirent par la négative.

— Qui occupait ce local avant vous?

— Je l'ai acheté à un photographe. Son nom vous intéresse?

Le patron fouilla dans un tiroir rempli de paperasse.

— Le voici.

L'ancien propriétaire de la boutique habitait un meublé dans Bastwick Street; l'homme, aux cheveux et à la barbe blancs, se montra courtois.

— Quelle était votre occupation? demanda Higgins.

— Je réparais des appareils très compliqués que les firmes laissaient à l'abandon. Aucune marque ne m'était étrangère; plus c'était difficile, plus ça m'amusait.

— Celui-là par exemple?

Higgins lui montra la pièce à conviction découverte chez l'horloger de Buckingham. Le spécialiste manipula l'appareil avec gourmandise.

— Si je m'en souviens! Une vraie merveille,

avec une panne inexplicable. Il m'a fallu deux longues séances de travail pour le remettre en état.

— Vous souvenez-vous aussi de celui qui vous l'avait apporté ?

— Il portait un nom bizarre. Barzian, Narzian...

— Nerouzian ?

— Nerouzian, c'est ça !

— Pouvez-vous le décrire ?

— J'ai une bonne mémoire visuelle, mais celui-là : chapeau noir, lunettes noires, presque pas un mot. Rien à dire de plus.

— Auriez-vous une adresse ?

— Sacré souvenir ! Une des plus belles empoignades de ma carrière. D'ordinaire, j'aimais savoir à qui j'avais affaire ; mes rémunérations étaient rarement déclarées et je n'aimais pas courir de risques. Ce type-là n'était pas clair ; à mon avis, il faisait de la photographie clandestine en changeant sans cesse de laboratoire. Quand je lui ai demandé son adresse, il a failli partir ; comme il n'était pas idiot, il a compris qu'il ne trouverait pas de meilleur technicien que moi. Alors il a cédé.

— Après tant d'années, vous l'avez encore en mémoire ?

— C'est dans les docks ; vous voulez un plan ?

*
**

Une dizaine de policiers investirent le bloc d'immeubles où avait résidé Gregor Nerouzian, le mystérieux photographe, sans doute coupable d'un crime de lèse-majesté. Ni le brouillard de printemps, ni les gravats, ni les pavés glissants n'empêchèrent la progression de Marlow et de ses hommes.

Le plan était fidèle ; les policiers ne perdirent pas une seconde.

— Il a forcément laissé une trace, dit Marlow à Higgins ; avec le plus petit des indices, je me fais fort de l'identifier.

Higgins ne mettait pas en doute la sincérité du superintendant ; mais quelles conclusions aurait tirées le plus fin des limiers à partir du vide ?

À l'adresse indiquée, il n'y avait plus qu'un trou béant ; l'immeuble avait été détruit. La piste du photographe qui se faisait appeler Gregor Nerouzian était définitivement coupée.

CHAPITRE XXXV

La *Tate Gallery,* où trônaient les magnifiques tableaux de Turner, était un endroit tranquille où des visiteurs attentifs admiraient l'œuvre du grand peintre anglais. Higgins déambulait avec plaisir, tant il appréciait les couleurs de ce créateur hors du commun.

— Merci d'être venu, inspecteur.
— La courtoisie la plus élémentaire m'imposait de me rendre à votre rendez-vous, M. Steed.
— Cet assassinat m'obsède, je l'avoue.
— Moi de même.
— Avez-vous identifié le coupable?
— Nous progressons.
— Mais vous n'avez pas encore abouti.
— C'est exact, reconnut Higgins.

Les soleils de Turner jaillissaient d'un autre monde; ils incendiaient des cieux magiques et des océans remplis de rêves impossibles.

— Moi, je connais l'assassin.

Peter Steed, légèrement maquillé, ressemblait

plus que jamais à un éphèbe grec, même si son nœud de cravate était trop lâche et son pantalon mal ajusté.

— Pour être sincère, j'ai passé une nuit blanche ; mais je pense avoir résolu l'énigme.

— De quelle manière avez-vous procédé ?

— La réflexion, inspecteur, uniquement la réflexion ! Tous les grands détectives ont su l'utiliser avec une habileté exceptionnelle. C'est pourquoi je me suis interrogé à nouveau sur le personnage central du drame, l'horloger de Buckingham. On ne l'a tout de même pas tué pour rien !

— Excellente déduction, admit Higgins.

— Les pendules et les horloges, reprit Peter Steed, étaient des fausses pistes. Un véritable trompe-l'œil qui masque l'indice essentiel : le trousseau de clés. Avec elles, il pouvait entrer n'importe où ; au palais, personne ne s'étonnait plus de sa présence, même dans les endroits les plus insolites. Par conséquent, une certitude : Colombus a tout vu et a *trop* vu. Vous me suivez, inspecteur ?

— J'essaie, M. Steed.

Comme un groupe de touristes semblait tendre l'oreille, l'ex-employé administratif des écuries entraîna Higgins un peu plus loin.

La *Tate Gallery*, édifiée par S.J.R. Smith sur l'emplacement d'une prison, avait été inaugurée en 1897 ; qualifié d'« édouardien » plutôt que de

« victorien », l'édifice était un peu ridicule et pompeux, mais attirait la sympathie des Londoniens. Il y régnait une intimité feutrée qui facilitait le contact avec les tableaux. Les deux hommes s'arrêtèrent dans une petite salle peu fréquentée.

— Imaginez, inspecteur, que l'horloger fut entré dans une pièce interdite du palais, une pièce regorgeant de richesses ? Imaginez qu'il appartienne à une bande de comploteurs décidée à dérober l'œuf de canard, un diamant blanc bleuté de sept cent soixante-dix carats, sept fois plus lourd que le Koh-i-Noor ? Et je ne parle pas de « la grande étoile d'Afrique », le plus gros diamant du monde.

— Vous êtes bien renseigné.

— Plus encore que vous ne l'imaginez ! Les trésors de la Couronne me fascinent depuis toujours. Savez-vous que Sa Majesté possède une fortune colossale ? Des tableaux de Vermeer, de Rubens, de Rembrandt, de Holbein, des dessins de Léonard de Vinci, de Raphaël, de Michel-Ange, des meubles du XVIIIe siècle, des bronzes dorés, des chefs-d'œuvre d'orfèvrerie, une gigantesque bibliothèque où subsistent la première édition du *Paradis perdu* de Milton et des manuscrits originaux de Shakespeare ! Peut-on rêver mieux ?

— Probablement pas.

— La voilà, la solution ! Qui ne serait tenté

par de telles merveilles, surtout lorsqu'il peut en admirer certaines chaque jour ? Mettez-vous à la place de cet horloger : quelle tentation permanente! Il a résisté longtemps, puis a fini par céder. C'est humain, n'est-ce pas?

— Si l'on veut.

— Moi, je lui pardonne ; à sa place, je n'aurais pas été aussi résistant.

— Je n'ai pourtant entendu parler d'aucun vol spectaculaire.

— L'entreprise a échoué! L'instigateur du complot a été contraint de le supprimer soit parce qu'il voulait le dénoncer, soit parce qu'il voulait travailler pour son compte.

— Une information précise?

— Non, non, toujours la réflexion.

— Jusqu'où vous a-t-elle conduit?

— Jusqu'au seul coupable possible, je vous l'ai dit. Pour voler l'un des trésors de la Couronne, il n'existait qu'un seul moyen : les voyages de la reine.

— Soyez plus explicite, pria Higgins.

À l'heure de son triomphe, Peter Steed se délectait et faisait durer le plaisir ; ne damait-il pas le pion à Scotland Yard?

— Les déplacements de la famille royale à l'étranger s'accompagnent d'un véritable déménagement, expliqua-t-il ; des dizaines de malles sont nécessaires pour transporter les objets dont elle ne veut pas se séparer. Parmi ceux-ci, il y a des tableaux, des bijoux, de la vaisselle précieuse ; vous me suivez toujours ?

— Continuez.

— Qui est mieux placé qu'un bagagiste pour connaître le contenu de ces malles ?

Higgins ouvrit son carnet à la page « Steve Richtown » ; Peter Steed souriait, satisfait.

— Qu'en dites-vous, inspecteur ?

— Brillante démonstration ; vous soupçonnez donc M. Richtown ?

— Les faits me paraissent établis. Son larcin accompli, avec la complicité de l'horloger, il s'est arrangé pour être renvoyé de Buckingham.

— Il a échoué, rappelez-vous ; pourquoi aurait-il quitté le palais avant de recommencer ?

Peter Steed parut troublé.

— Bizarre, en effet. Quoi qu'il en soit, il s'est vengé en tuant le vieux. C'est à cause de ce dernier que l'opération a raté ; un mauvais renseignement, sans doute. Furieux, Richtown a frappé un peu trop fort. C'est ça, l'essentiel ; pour le reste, vous vous débrouillerez mieux que moi.

— Merci de votre confiance, M. Steed.

— Mon nom sera-t-il cité dans les journaux, quand vous l'arrêterez ?

— Allez savoir.

CHAPITRE XXXVI

Une atmosphère des plus sinistres s'était emparée du Yard. Dans les couloirs, on passait vite et l'on se parlait à voix basse ; dans les bureaux, on se concentrait sur les dossiers secondaires et l'on expédiait les affaires courantes afin d'oublier l'horloger de Buckingham qui attirait sur le Yard les foudres de toute la presse. Même le *Times* commençait à s'impatienter.

Scott Marlow frisait la dépression.

— Le *Commissionner Chief Constable* m'a convoqué à huit heures, révéla-t-il à Higgins ; il m'a fait comprendre que j'étais l'unique responsable, au point que je me demande si je n'ai pas commis moi-même ce meurtre.

— Je témoignerai en votre faveur.

— Il m'a rappelé que le fondateur de Scotland Yard, Sir Robert Peel's, avait fixé trois objectifs à notre grande et belle institution : protéger la vie et la propriété, assurer la tranquillité publique et combattre le crime. Échec flagrant sur toute la ligne ! Un modeste et remarquable serviteur de Sa Majesté a été tué, le désordre règne dans la presse et dans les esprits, et l'assassin court toujours.

— Reste un détail : la propriété.

Le regard du superintendant se fit interrogatif.

— Rien ne prouve que le coupable ait volé quelque chose, expliqua Higgins.

— Ne m'accablez pas.

— Ce n'est certes pas mon intention, mon cher Marlow.

— Il y a pis encore : du côté de la Couronne, on commence à s'impatienter. Les méchantes langues murmurent que des têtes tomberont, à commencer par la mienne, si l'assassin n'est pas rapidement arrêté. Rapidement... Que pouvons-nous faire de plus ? J'ai placé tous les suspects sous surveillance approfondie.

— Bonne initiative.

— Les rapports viennent de me parvenir, mais je n'ai même plus envie de les consulter.

— Nous allons le faire ensemble, dans un cadre plus agréable ; un seul remède peut vous remettre d'aplomb.

L'ex-inspecteur-chef ne lésina pas sur les moyens ; il emmena son collègue chez Berry

Bros, dans St. James Street, qui détenait la meilleure cave de vins français de l'Empire britannique. Plus que d'un magasin, il s'agissait d'un véritable club de connaisseurs où les rares importuns qui s'égaraient étaient plutôt mal accueillis.

Marlow hésita avant d'entrer.

— Vous croyez vraiment...

— Je sais, superintendant ; Berry Bros n'a pas voulu figurer dans les listes vulgaires où sont vantés les meilleurs magasins londoniens et ne supporte pas les curieux qui ressortent sans rien avoir acheté ; mais ce ne sera pas notre cas.

L'endroit n'avait pas changé depuis l'époque où lord Byron venait chercher l'inspiration dans la dive bouteille ; boiseries et meubles en chêne, aux teintes chaudes et profondes, créaient un climat intime, presque recueilli ; l'hiver, les habitués avaient droit à une place d'honneur, près de la petite cheminée, surmontée de deux étagères où trônaient de remarquables bouteilles, tant par la forme que par le contenu.

Higgins et Marlow prirent place autour d'une table ovale ; confortablement assis dans des fauteuils au dossier ajouré, ils furent aussitôt salués par le maître des lieux, un petit homme à la calvitie avancée et au regard pétillant derrière ses lunettes.

— Heureux de vous revoir, inspecteur ; que penseriez-vous d'un château-d'yquem ? Une année exceptionnelle que les Français ont fort mal jugée, erreur qui m'a permis d'être un important acheteur.

— Étonnant... De quelle année s'agit-il ?

L'homme se pencha et murmura le secret à l'oreille de Higgins.

— Je vous fais confiance, bien entendu ; pourriez-vous m'accorder une autre faveur ? Le superintendant Marlow et moi-même aimerions être tranquilles.

— Rassurez-vous : cette table vous est réservée.

Marlow contemplait la liasse de rapports avec anxiété.

— Et s'il n'en sortait rien ?

— Commençons par le cas le plus simple : Rowena Grove. Je vais être obligé de la jeter en pâture à la presse, bien que je n'aie aucune preuve formelle de sa culpabilité. Son comportement justifiera plus ou moins une accusation qui nous fera gagner un peu de temps.

— Comment se comporte-t-elle derrière les barreaux ?

— Elle est très paisible ; les gardiens l'adorent. Elle lit et relit ses magazines, leur parle sans arrêt de la famille royale et de son court passage à Buckingham Palace.

— Aucune confidence ?

— J'ai sollicité mes hommes dans ce sens, vous pensez bien : échec complet. Elle a vécu seule, aime ses poissons rouges, ne tarit pas d'éloges sur la reine et sur vous, et se propose de faire le ménage du Yard, même au sous-sol. Voilà tout ce que nous avons pu obtenir.

Higgins consulta ses notes.

— Honnêtement... un indice ?

— Non, reconnut l'ex-inspecteur-chef.

— Si cette femme est une criminelle, dit Marlow, elle joue la comédie avec un art consommé.

— Nous en avons vu d'autres, vous et moi.

— Tout de même, elle devrait s'angoisser ! Vivre en cellule n'est pas une sinécure.

— Supposez qu'elle jouisse de sa sécurité ?

— Complice du meurtre, elle serait hors de portée de l'assassin : pourquoi pas ?

Le vin était une merveille ; ce château-d'yquem-là valait les plus grands. Marlow le buvait un peu trop vite, mais Higgins le laissa absorber ce produit naturel que les anciens considéraient comme une médecine.

— Fameux, reconnut-il ; j'ai l'impression que le moral revient.

— Rowena Grove a-t-elle demandé à voir quelqu'un ?

Marlow relut le rapport en diagonale.

— Non, personne. Songiez-vous à une personne en particulier ?

— C'est étrange, cette femme est vraiment très seule et se complaît dans cet état. À sa place, n'appellerait-on pas un parent, un ami, une vague relation et, à défaut, un avocat ?

Marlow espéra que son collègue apporterait une lueur décisive sur l'affaire : mais il se contenta de remplir les deux verres.
— Continuons, mon cher Marlow.

CHAPITRE XXXVII

— Suzan Colombus : elle est sortie de chez elle pour faire des courses. Une seule visite : une femme qui est sortie avec son petit paquet. On l'a suivie. C'est l'acheteuse d'une maison de couture pour laquelle travaille Mlle Colombus. C'est plus ou moins légal, mais nous n'avons pas creusé. À tout hasard, j'ai fait vérifier son compte en banque, comme celui des autres suspects : pas la moindre fortune cachée.

— Personne n'est venu rôder autour de la maison ?

— Mes hommes auraient repéré une présence suspecte ; le quartier est très calme.

— Pas de passage du facteur ?

— Non. Suzan Colombus vit presque cloîtrée chez elle, sans aucun contact ; ni amis ni parents.

— Elle joue du luth.

— Une sœur assassinant sauvagement son frère à coups de poing : est-ce crédible ?

— Avec l'espèce humaine, tout est possible.

— Sur elle, conclut le superintendant, aucune autre information. Vous nous gâtez, Higgins : ce vin est un pur délice.

— Ici, on n'est jamais déçu ; à qui le tour ?

— Norman Catterick : celui-là est plutôt remuant. Il se lève tôt, se rend dans des salles de vente du quartier pour y acheter les objets les plus hétéroclites, ou chez des particuliers ; petit déjeuner à l'extérieur, déjeuner aussi, dans des établissements très modestes. Ah ! Auparavant, il assiste à la relève de la garde ; c'est clair : le bonhomme n'a pas digéré son échec. Il est nostalgique de l'uniforme qu'il aurait tant aimé porter. L'après-midi, il ouvre boutique ; clientèle plutôt abondante et satisfaite. Catterick dîne chez lui et se couche tôt. D'après les voisins, il ne change guère ses habitudes.

— Dans le lot des clients, aucun autre suspect ?

— Pas d'après ce rapport. Mabelle Goodwill, à présent ?

Higgins acquiesça. Une seconde bouteille de château-d'yquem fut apportée avec discrétion.

— Elle a beaucoup bougé, indiqua Marlow ; robes, foulards, chapeaux, chaussures, elle n'arrête pas d'acheter ! Salon de thé, repas fins, cocktails : elle mène la grande vie, en plus ! La filature n'a pas été ennuyeuse, d'après le rapport.

— Des rencontres ?

— Un peu partout.

— Aucun de nos suspects ?
— Seulement des personnes de l'*establishment*.
— Longues conversations.
— Contacts superficiels, mondanités et futilités.
— Quelqu'un est-il venu chez elle ?
— Une Rolls s'est arrêtée, le chauffeur en est descendu et lui a porté un message. Curieux, non ?
— Hélas ! non. Le puissant protecteur de Mabelle Goodwill s'abstient de lui rendre visite pendant quelques jours et lui envoie ses excuses ; aucun lien avec le crime, je le redoute.
— Inutile de creuser cette piste, par conséquent.
— Je le déplore ; il me semble que cette deuxième bouteille est aussi exceptionnelle que la première.
— Tout à fait de votre avis. Cette Mabelle Goodwill serait-elle intouchable ?
— Certainement pas, mon cher Marlow ; si nous obtenons la moindre preuve de sa culpabilité, rien ni personne ne la protégera.

Higgins apprécia le regard complice et reconnaissant de Marlow.

— Andy Milton passe la matinée à livrer du lait ; il rentre chez lui, déjeune, fait une sieste, passe à sa banque pour y porter son salaire quotidien ; ensuite, il se rend dans un salon de beauté pour hommes d'où il ressort impeccablement coiffé. Ensuite, il déguste une pâtisserie dans un salon de thé et flâne, de préférence du côté de la tour de Londres. Dîner en ville, dans un pub modeste, puis séance de cinéma.

— Aucune rencontre ?

— Si, avec Peter Steed, dans un pub de Soho.

— A-t-on une idée de la conversation ?

— Un inspecteur est parvenu à se glisser près d'eux ; le nez dans sa pinte de bière, il en a entendu l'essentiel. Ces deux messieurs, figurez-vous, ne parlent que de l'assassinat de l'horloger ; le sort tragique de ce malheureux les passionne. Ils mènent leur enquête par déduction, comme je ne sais quel détective de roman !

— Certains sont remarquables, observa Higgins.

— Nous, nous avons *vraiment* un cadavre sur les bras.

— Connaissons-nous les conclusions de nos deux amateurs ?

— Andy Milton n'a pas réellement quitté Buckingham ; dans sa tête, il continue à servir comme valet de pied adjoint. Rien de ce qui se passe au palais ne lui est étranger. Comme nous, il a établi une liste des personnes renvoyées du palais, comme lui ; leur sort ne lui était pas indifférent.

— Liste que connaissait aussi son ami Steed ?

— Bien entendu.

— Voilà un petit mystère résolu.

— Lequel ?
— Sans importance, superintendant ; poursuivez.

Higgins espérait, entre autres démarches du même ordre, demander à Peter Steed comment il avait appris le nom de Richtown qu'il ne devait guère fréquenter. Question à présent hors de propos.

— J'en viens à leurs conclusions, annonça Marlow ; pour eux, l'ex-bagagiste, Steve Richtown, est un coupable tout désigné. Andy Milton plaidait plutôt pour Rowena Grove, mais sans argument probant ; il a accepté les vues de son ami.

— Résultats de la filature de Peter Steed ?
— En dehors de son travail, c'est un fanatique des galeries et des marchands de tableaux ; on croirait qu'il veut les dévorer. Il discute avec d'autres amateurs, s'enflamme, cite des théories artistiques, émet les siennes... Un vrai tourbillon.

— Reste Richtown.
— Il nous a donné beaucoup d'espoir, soupira Marlow, lorsqu'il est sorti de chez lui par la porte de derrière ; certain de n'être pas filé, il est monté sur un vélo et a gagné un quartier plutôt misérable de l'East End.

— Un mystérieux rendez-vous ?
— Étant donné son allure de conspirateur, c'était certain ; nous avons dû déchanter. Rich-

town est membre d'un club de poètes qui déclament leurs œuvres à pleins poumons dans une cave humide.

« Un endroit que n'aurait guère apprécié Harriett J.B. Harrenlittlewoodrof », pensa Higgins.

— Richtown y a passé la nuit, ajouta Marlow ; au petit matin, il a erré dans le quartier et attendu l'ouverture d'une fleuriste à laquelle il a acheté des marguerites. Puis il est rentré se coucher.

Marlow frappa du poing la pile de rapports.

— Des heures et des heures de travail inutiles ! Rien, il n'y a rien là-dedans !

Même le goût du sublime château-d'yquem parut un peu amer aux deux hommes.

Le printemps avait pris la décision de s'installer. Pendant au moins trois jours, annonçait la météo, les ondées seraient plus courtes et moins fréquentes. Alertées, plusieurs fleurs osèrent s'épanouir et les arbres fruitiers déployèrent leurs fastes.

À l'heure du déjeuner, de nombreux Londoniens profitèrent de la douceur pour goûter le soleil ; mêlé à d'autres promeneurs, Higgins n'avait pas le cœur à rêver. Trois fois déjà, il avait relu la totalité de ses notes, avec la même sensation d'inutilité et d'impuissance.

L'abattement de Scott Marlow faisait peine à

voir; l'ex-inspecteur-chef se reprochait de ne pouvoir l'aider davantage. Comment lui éviter les foudres de la hiérarchie et un déshonneur immérité dont il ne se remettrait pas ? Pourtant, le superintendant n'avait commis aucune erreur ; seul Higgins s'était rendu coupable d'une faute d'attention. Avait-il négligé un simple détail qui n'ouvrirait pas les portes du mystère ou un élément essentiel ?

Higgins leva les yeux sur la tour Albert abritant la plus célèbre horloge du monde : Big Ben. Ses quatre cadrans, à soixante mètres au-dessus du sol, dominaient le cœur de Londres. Big Ben : l'horloger de Buckingham admirait-il cette illustre machinerie qui perdait moins d'un dixième de seconde par jour ?

Le regard de l'ex-inspecteur-chef se posa sur les deux grosses aiguilles qui marquaient les heures et les minutes. Deux lignes droites, deux traits...

Presque nerveusement, Higgins feuilleta son carnet noir.

— Voici donc la vérité, murmura-t-il; pourquoi est-elle aussi horrible ?

CHAPITRE XXXVIII

Marlow repoussa la pile de journaux qui encombrait son bureau.

— Une attaque en règle, et mon dernier jour au Yard ! Je suis obligé de donner ma démission, Higgins.

— Déjà rédigée ?

— La voici.

Higgins ne prit pas le temps de lire le document qu'il déchira en mille morceaux.

— Mais enfin !

— Ce soir, mon cher Marlow, vous amènerez l'assassin ici même et il vous signera ses aveux sans réticence.

— C'est un miracle !

— Pas le moins du monde ; une journée merveilleuse, ne trouvez-vous pas ?

— Si ce que vous dites est vrai...

— Comme il ne fait pas encore trop chaud, je vous propose un pique-nique à la campagne ;

votre Bentley, après toutes ces allées et venues, a besoin d'un peu d'air frais.

L'herbe était vraiment verte, les vaches broutaient dans le pré voisin, un ruisseau répandait son chant léger alentour, quelques nuages blancs ornaient un ciel bleu et paisible. Higgins et Marlow déployèrent une grande nappe blanche sous les branches d'un cerisier en fleur.

Fortnum and Mason avait préparé un menu acceptable : jambon d'York, poulet de grain, haricots en salade, caviar, pain grillé au four, fruits déguisés, bourgogne léger. Un thermos de pur arabica complétait l'ensemble, servi dans des tasses en argent.

Les deux hommes s'assirent sur des pliants, face à cette inimitable campagne anglaise où l'homme accordait une certaine liberté à la nature afin d'avoir, lui aussi, l'illusion d'être libre.

À l'abri d'un saule pleureur, la vieille Bentley reprenait son souffle sans risquer un coup de soleil.

Scott Marlow demeurait tendu.

— Vous n'avez guère d'appétit, superintendant.

— Je n'arrive pas à y croire... vous tenez vraiment l'assassin ?

— Nous allons procéder par élimination.

— Pourquoi ne pas le faire surveiller?
— Il l'est, grâce au dispositif que vous avez mis en place.
— Où ai-je la tête... un peu de repos m'est indispensable.
— C'est pourquoi je vous ai arraché à votre bureau ; cette journée de détente vous redonnera votre énergie coutumière.
— Quand avez-vous compris ?
— Tout récemment.
— À cause de quoi ?
— D'une horloge, bien sûr : Big Ben.
— L'horloger de Buckingham ne s'en est jamais occupé !
— Une simple association d'images ; le destin s'est montré favorable. Il n'a pas voulu qu'un monstre parvînt à se repaître de son crime.

Une vache aux tâches noires et marron clair passa son museau par-dessus une clôture branlante ; la conversation semblait l'intéresser au plus haut point.

Marlow, moins crispé, commença à apprécier le jambon d'York, d'une exceptionnelle finesse ; le vin faisait ressortir le goût.

— Suzan Colombus, dit Higgins en consultant ses notes ; une vieille demoiselle bien rangée, d'apparence inoffensive, qui a découvert le corps martyrisé de son frère. Que peut-on lui reprocher ?
— De le haïr.
— Je crois qu'elle haïssait plutôt sa profession

et son apostolat; pour elle, Persian était devenu une horloge vivante, au lieu de s'occuper de sa sœur, de l'écouter jouer du luth, de la regarder coudre. Sous ses aspects rugueux, elle éprouve un réel besoin d'affection; sans doute ne s'est-elle pas mariée pour rester auprès d'un grand frère qu'elle admirait. Leur entente n'était pas si mauvaise; Persian lui donnait de l'argent et veillait sur son sort. Jamais il n'aurait abandonné sa sœur, jamais elle ne l'aurait abandonné. Elle a fait la fière face à cette mort horrible; ni pleurs ni gémissements. Ainsi, elle rendait hommage à son frère et se montrait digne de lui.

— N'aurait-elle pas été complice?

— Elle ne fréquentait aucun des suspects de la liste et n'avait aucune affection pour l'ami de son frère, Norman Catterick.

— Le tableau de famille?

— S'en délivrer était devenu une nécessité; elle espérait effacer les traces du passé et retrouver son frère, grâce à la retraite.

— Autrement dit, elle n'avait aucune raison de le supprimer.

— Aucune. Rowena Grove était un cas plus sérieux.

Marlow reprit une tranche de jambon; l'assurance de Higgins le rassérénait.

— Voleuse, fugueuse, agressive : elle accumulait contre elle un certain nombre d'indices. L'imaginer complice d'un assassin?

Bien peu crédible. C'est une solitaire, qui joue son propre jeu.

— Tout de même, le vol de la fiole contenant de l'eau du Jourdain !

— Un acte de vénération, mon cher Marlow. Rowena Grove ne l'a pas dérobée, mais mise en sécurité ; pour elle, tout ce qui touche à la famille royale est sacré. Elle s'est considérée comme chargée d'une mission et a pris des risques afin de préserver ce qu'elle considérait comme un trésor.

— L'horloger aurait pu l'aider.

— À condition qu'il fût un voleur.

— Et vous n'y croyez pas ?

— Tout prouve que Persian Colombus était le plus honnête des honnêtes hommes ; nous y reviendrons. En se fondant sur cette réalité, vous admettrez qu'aucune collusion n'était possible entre lui et Rowena Grove.

— Elle aurait donc bien légué la fiole à Buckingham Palace ?

— Soyez-en certain.

— Je suis plutôt content, admit Marlow ; cette grande femme rousse n'était pas antipathique. Si toutes les Anglaises aimaient la Couronne comme elle, nos valeurs morales seraient mieux maintenues.

— Effacerez-vous son larcin ?

— Je verrai, dit le superintendant en proie à une crise de conscience ; si nous parvenions à restituer la fiole, qui parlerait encore de vol ?

Higgins regarda le ciel ; lui seul déciderait.

CHAPITRE XXXIX

— Le beau ténébreux m'a longtemps intrigué, avoua Higgins.

— Andy Milton : on pouvait parier sur lui, en effet. Cet ex-valet de pied adjoint n'a pas admis d'être exclu de Buckingham Palace ; il en a conçu un ressentiment qui ne disparaîtra pas de sitôt.

— L'odeur de lavande ne vous a-t-elle pas intrigué ?

— Une preuve ?

— Bien mince, en vérité ; en réalité, elle l'innocentait. Avant chaque dîner important, il pulvérisait de la lavande dans les couloirs et a voulu retrouver cette odeur merveilleuse qui lui rappelait tant de bons souvenirs. Elle lui donnait l'illusion de vivre encore dans cet univers enchanté qu'il ne parvenait pas à oublier. N'a-t-il pas conservé sa livrée, avec l'espoir d'être un jour réintégré dans le personnel de la reine ? Plus troublante était son obsession de la ponctualité, qui avait un rapport certain avec les horlogers et les pendules.

— Et voilà la complicité !

— À condition d'envisager la malhonnêteté de l'horloger. En revanche, s'il était bien incorruptible, comme j'en ai acquis la certitude, il n'a eu aucun contact avec Andy Milton.

— Vous l'écartez donc de la liste des suspects ?

— De manière définitive.

— Et que faites-vous de son amitié avec Peter Steed ?

— Elle est fort troublante, en effet ; j'ai buté sur ce point, comme un aveugle qui se cogne la tête contre un mur et ne veut pas s'écarter de l'obstacle.

— Le couple Milton-Steed est forcément lié à cette affaire ; tout concorde ; le complot, une alliance interne, une mentalité douteuse. Si l'horloger n'est pas coupable, ils l'ont manipulé à son insu !

— La bouteille d'eau de Malverne découverte chez Steed offrait une piste intéressante, reconnut Higgins ; le jeune homme semblait vouloir cacher qu'il s'intéressait de très près à la Couronne. Malheureusement, mes soupçons se sont effondrés lorsqu'il a lui-même abordé le thème des richesses artistiques que possède Sa Majesté.

— Démarche habile qui le dédouanait, avança Marlow.

— J'y ai songé; mais Peter Steed manque singulièrement d'envergure. Il se contente de faux tableaux et son existence risque de demeurer une imitation dépourvue d'originalité. Boire la même eau que la reine : voilà un titre de gloire qu'il avait acquis et souhaitait garder secret. Émouvant et dérisoire. Peter Steed a peur de tout, redoute l'authenticité, fuit la réalité; il s'enfonce dans un monde factice où il se sent en sécurité. Le hasard, et le hasard seul, a voulu qu'il se procure le portrait de famille de l'horloger de Buckingham.

— À moins que le marchand n'ait été assez habile pour lui vendre enfin un *vrai* tableau, qui l'a d'autant plus étonné qu'il connaissait le personnage.

— Je retiens votre suggestion, mon cher Marlow.

— Un fétichiste, voilà notre Steed!

— Exactement : le personnage de l'horloger l'a fasciné en raison de son caractère mythique. Colombus ne semblait pas appartenir au monde des hommes, mais à un univers irréel, complètement différent des normes quotidiennes.

— Cela signifie-t-il qu'il s'en est approché?

— Au contraire; pourquoi briser le merveilleux spectacle? Le tableau ajoutait encore à l'émerveillement, puisqu'il n'était que la représentation de l'horloger, lui-même image d'un au-delà inaccessible.

— Tout ceci me dépasse un peu, avoua Marlow, mais j'ai l'impression que vous avez raison.

— Milton innocent, Steed innocent, mais ensemble ? Le duo, lui, n'était-il pas un assassin ? Je m'en suis tenu à cette hypothèse, en raison de leur intérêt commun pour les enquêtes criminelles.

— Des amateurs qui se seraient pris au sérieux ?

— Le cas n'est pas rare ; à force de jouer avec le crime, on se laisse prendre dans ses filets et l'on désire s'offrir une véritable expérience. Steed seul n'aurait pas osé ; mais Milton ne lui avait-il pas procuré l'impulsion qui lui manquait ?

— Vous excluez toujours la complicité de l'horloger ?

— Toujours.

— Donc, un crime gratuit.

— Quelque chose dans ce genre-là, en effet ; s'attaquer à un vieillard sans défense ne posait guère de problèmes. Lorsque Steed a pris conscience de l'horreur du geste accompli, il s'est précipité au Yard pour affirmer qu'il n'était pas coupable. Cette fois, la réalité avait pris le pas sur l'illusion.

— Mais pourquoi Steed et Milton auraient-ils frappé aussi sauvagement leur victime ?

— Ne pas pouvoir répondre à cette question, c'était les innocenter ; je m'y suis résolu.

La vache, immobile, continuait à écouter le

dialogue; Marlow, tout en dégustant la salade de haricots, émit une hypothèse.

— Steve Richtown?
— Un bien beau suspect, reconnut Higgins. La préparation d'un attentat contre Sa Majesté ou la reine-mère? Une telle folie cadrait bien mal avec le tempérament plutôt faible de ce faux colosse, tellement épris de poésie et de douceur.
— Quels étaient ses projets?
— Offrir une robe à Sa Majesté et un chapeau inédit à la reine-mère, assortis d'une poésie élaborée avec amour.

Le superintendant ne pouvait condamner cet élan d'affection, même s'il avait pris une forme plutôt maladroite.

— Je compte sur vous, mon cher Marlow, pour « éclairer la lanterne » de M. Richtown, comme disent les Français.
— Il a tout de même menti sur un point capital en affirmant qu'il ne connaissait aucun des employés renvoyés de Buckingham alors qu'il rendait des services à Mabelle Goodwill.

Higgins tourna une page de son carnet noir.

— Mabelle Goodwill l'employait effectivement comme coursier et le rétribuait pour ses services, ô combien discrets! Ce trafic durait depuis son installation dans la délicieuse bonbonnière de Bickenhall Street où notre ex-laveuse de vaisselle précieuse avait pris son envoi.

— Son attitude est moralement condamnable, estima Marlow.

— Je crains qu'elle ne le perçoive pas.

— Beaucoup d'indices la désignent, rappela Marlow. Elle aussi a menti en prétendant ne connaître aucun autre employé renvoyé de Buckingham, alors qu'elle employait Richtown et avait été la maîtresse d'Andy Milton. Quant à son alibi, il est inexistant.

— Ajoutez à cela son surnom de « fléau mortel ».

— Et surtout la présence des photographies dans son appartement, qu'il faut relier à la présence d'un appareil photographique chez la victime.

— Un détail a retenu mon attention, estima Higgins ; j'ai songé qu'il pourrait bien être lié au crime. À présent, je suis persuadé du contraire. C'est Mabelle Goodwill qui nous a mis sur la piste du mystérieux photographe, à la recherche d'un scandale. Deux solutions : ou bien elle utilisait une ruse digne d'une diablesse, en sachant qu'elle serait immédiatement soupçonnée ; ou bien elle était innocente et nous offrait une authentique révélation afin de nous aider dans notre enquête.

— Vous avez opté pour la seconde ; mais comment expliquez-vous le lien entre Mabelle Goodwill et Steve Richtown ?

— Une misérable arnaque, mon cher Marlow ; Mabelle Goodwill est une excellente photographe qui confie ses clichés à Richtown pour qu'il les fasse développer dans le plus grand secret. Seul un excellent technicien, en effet, peut procéder à des agrandissements de la qualité de ceux que nous avons admirés. Elle abusait ensuite son riche protecteur en lui faisant croire que les superbes photographies lui étaient livrées, à prix d'or, par un décorateur, et empochait l'argent. Richtown avait droit, bien entendu, à un salaire occulte.

— Cette charmante personne n'est guère recommandable; je redoute pour elle un triste destin.

— Je partage votre sentiment.

— Pourquoi êtes-vous si persuadé de l'innocence de l'horloger de Buckingham?

— Si nous en parlions avec l'assassin?

CHAPITRE XL

En cette fin de soirée printanière, douce et ensoleillée, de nombreux curieux flânaient dans Portobello Road. Higgins et Marlow attendirent que Norman Catterick fermât boutique et le suivirent jusqu'à son appartement.

Le marchand n'avait pas ôté sa casquette de tweed et venait d'allumer une pipe quand il leur ouvrit.

— Encore vous ! Vous feriez mieux de chercher l'assassin.

— Nous l'avons trouvé, précisa Higgins.

— Et vous venez m'apprendre la nouvelle...

— Exactement.

— En ce cas, entrez ; nous allons fêter ça ensemble avec un bon brandy. Ne faites pas attention au désordre ; j'ai reçu un lot de chaises et de tabourets anciens. Au moins, nous pourrons nous asseoir facilement.

Sûr de lui, paisible, tirant sur ses bretelles pour

se donner un peu d'aise, Norman Catterick poussa un siège vers ses hôtes.

— J'ai pas mal de travail, annonça-t-il ; si on pouvait faire vite, ça m'arrangerait.

Marlow s'assit, Higgins resta debout ; il examina de nouveau le capharnaüm dans lequel se complaisait le marchand.

— L'horloger de Buckingham était un homme remarquable, déclara l'ex-inspecteur-chef ; à plusieurs reprises, au cours de nos recherches, nous aurions pu croire qu'il avait été mêlé à un vol ou s'était rendu coupable d'indélicatesse. En réalité, nous avions devant les yeux les preuves du contraire. Lui, le fidèle de Buckingham, ne vivait que dans le parfum de lavande qui lui rappelait les belles soirées du palais.

— Une manie, reconnut le marchand ; moi, je déteste cette odeur.

Higgins consulta ses notes.

— Persian Colombus a aidé de son mieux une jeune fille, Margaret ; le saviez-vous ?

— Je l'ignorais.

— On aurait pu croire que M. Colombus avait volé une bague en diamant, poursuivit Higgins ; en fait, lady Fortnam avait perdu le précieux objet. L'horloger la connaissait ; après avoir ramassé la bague, il comptait la restituer au plus vite et avait accroché une étiquette pour se fixer à lui-même le jour et l'heure de sa visite à l'aristocrate.

— C'était bien dans son style, admit Norman Catterick ; son honnêteté lui conférait une seconde nature.

— Un homme honnête et scrupuleux, insista Higgins, un homme qui pouvait tout voir, tout entendre et qui a su fermer les yeux et les oreilles en restant fidèle à sa mission. Mais vous, M. Catterick, avez tenté de jeter sur lui un discrédit en maquillant un relevé bancaire.

— Moi ? Vous divaguez !

Norman Catterick gratta ses favoris.

— Jamais vous n'avez accepté l'échec de votre vie : ne pas appartenir aux *Horse Guards*.

— Est-ce un crime ?

— Tout au plus un mensonge ; en réalité, si vous continuez à admirer ces soldats d'élite, l'appât du gain a remplacé depuis longtemps votre sens du panache et de l'honneur. Vous enrichir, M. Catterick, voilà tout ce qui compte ! Une idée vous était venue, conciliant soif de vengeance contre Buckingham et fortune rapide, de manière à ne plus « trimer nuit et jour », selon vos propres termes.

— Quelle idée ? interrogea Catterick, acide.

— Prendre une photo scandaleuse à Buckingham, par exemple la reine dans sa chambre à coucher, et la vendre à la presse à prix d'or.

— Ridicule.

— Vous avez tenté de nous faire croire que Persian Colombus était cet homme en déposant chez lui un appareil photographique qui, bien entendu, nous conduirait à une impasse et brouillerait toutes les pistes.

— Pure invention.

— Vous avez commis une erreur, M. Catterick, en omettant de faire disparaître l'indice qui m'a permis de comprendre votre véritable rôle ; lors de notre deuxième visite, il n'était plus là. Mais j'avais vaguement enregistré quelque chose... qui m'est revenu à la conscience grâce à Big Ben.

Le marchand ricana.

— Vous bluffez, inspecteur.

— Les tiges de bambou brisées, M. Catterick, ces tiges auxquelles m'ont fait penser les aiguilles de Big Ben.

Le marchand ne ricanait plus.

— Des bambous... Qu'est-ce que ça prouve ?

— Vous vous étiez préparé comme un professionnel décidé à prendre un portrait officiel de la reine ou d'un des membres de la famille royale ; par conséquent, comme certains spécialistes bien connus, vous aviez emporté des piquets de bambou qui serviraient à tendre un drap sous lequel prendrait place le modèle. Ce dispositif était nécessaire afin de procurer une lumière douce éliminant les imperfections du visage. Ainsi apparaissiez-vous comme un technicien sérieux et compétent, digne d'entrer à Buckingham, alors que vos projets étaient d'une bassesse méprisable.

Le regard du marchand avait changé d'expression ; y luisait une haine qui fit frissonner Marlow.

— Le mystérieux photographe, poursuivit Higgins, c'était donc vous ; après avoir échoué auprès des *Horse Guards,* nouvelle déception. Pas la moindre photographie scandaleuse et une expulsion peu glorieuse : que de rancœurs accumulées ! Mais votre voyage au bout de l'horreur était à peine commencé. Quand l'horloger de Buckingham a pris sa retraite, vous étiez décidé à saisir votre troisième chance et, cette fois, à réussir : hors de question de laisser échapper la fortune. De gré ou de force, Persian Colombus parlerait. Ses secrets, il les partagerait avec vous et vous les négocieriez sans scrupules.

Hypnotisé, Norman Catterick regardait Higgins.

— Vous avez fait semblant d'aimer la Couronne, continua l'ex-inspecteur-chef, et pis encore, d'être l'ami de l'horloger de Buckingham ; vous avez même osé dire : « On ne tue pas un ami, son seul ami. » Seul un monstre, en effet, pouvait avoir commis ce crime.

Marlow bouillait, il avait bien envie de fracasser le crâne de l'être abject qui l'avait menacé avec un incroyable cynisme.

— Persian a été idiot, confessa Catterick d'une voix brisée ; il lui suffisait de me faire quelques confidences. Il s'est obstiné, ce vieil imbécile ! Toujours muré dans son silence !

— Pourtant, il vous a parlé, objecta Higgins.

Le marchand blêmit.

— Comment le savez-vous ?

— Il a prononcé un seul mot : « Non. » Et ce mot a déclenché votre fureur.

— Il fallait qu'il m'aide !

— Il s'était juré de respecter son contrat, M. Catterick, et a refusé de se trahir lui-même. Ce sentiment-là, comment auriez-vous pu le comprendre ?

— Une ou deux confidences sur la famille royale, marmonna l'assassin, c'est tout ce que je lui demandais. Je suis persuadé qu'il avait vu des scènes formidables, au palais. Les souvenirs de l'horloger de Buckingham, ça n'avait pas de prix !

— Et vous l'avez battu à mort.

— Il me résistait... Il avait dit « non », et me contemplait avec mépris, avec tant de mépris !

ÉPILOGUE

Après avoir signé ses aveux, Norman Catterick était devenu fou. Dans une crise de rage, il s'était emparé d'une chaise et avait tenté de détruire le bureau de Scott Marlow ; quatre policiers parvinrent à grand-peine à maîtriser le forcené qu'une légion de psychiatres avait hâte d'examiner.

Assailli par la presse qui vanta les mérites de Scotland Yard, le superintendant résista vaillamment à ce nouvel assaut. On lui sut gré, en haut lieu, d'avoir réussi à démontrer qu'aucun des ex-employés de Buckingham Palace n'était un criminel ; les *Horse Guards,* de plus, n'avaient-ils pas prouvé leur sens de l'élite en refusant d'admettre parmi eux un futur assassin ?

En dépit des sollicitations, Suzan Colombus avait refusé un enterrement somptueux, en présence d'une foule nombreuse. Son frère avait été inhumé dans la plus stricte intimité, laquelle s'était réduite à Suzan et à Higgins.

Suzan Colombus jouait du luth lorsqu'on frappa à sa porte. Elle hésita à répondre; un mois après le drame, les journalistes la laissaient enfin en paix. Il s'agissait sans doute de la représentante d'une maison de couture venue lui commander un patron.

Elle ouvrit, étonnée.

— Inspecteur Higgins, que se passe-t-il?

— Rien de grave, mademoiselle; me permettez-vous d'entrer quelques instants?

— Comme vous voudrez.

Le chignon de la vieille demoiselle était toujours aussi serré et sa robe marron n'éclairait guère son triste intérieur.

L'ex-inspecteur-chef tenait dans la main droite l'anse d'un curieux panier en osier qu'il posa avec précaution.

Il avait beaucoup pensé à l'horloger de Buckingham, cet homme d'honneur et de rectitude, assassiné à cause de la parole qu'il avait donnée et du silence observé. De tels personnages se faisaient de plus en plus rares, puisque la droiture n'était plus inscrite au catalogue des valeurs rentables.

— Votre frère a eu beaucoup de courage, mademoiselle, et vous aussi.

— Moi?

— Cet enterrement était digne de lui; de

l'endroit où il se trouve à présent, il a certainement apprécié.

— Sans lui, l'existence sera bien vide. Je l'aimais, au fond...

— C'est pourquoi j'ai entamé une recherche assez délicate qui fut couronnée de succès ; une personne de votre qualité ne peut vivre seule.

Higgins ouvrit le panier et prit dans ses bras un petit chat de gouttière rayé, avec une tache noire sur le nez et une queue blanche.

— Bien entendu, dit-il en le donnant à Suzan Colombus, il s'appelle Charly.

Trop émue, la vieille demoiselle fut incapable de prononcer un seul mot ; au moment de disparaître, Higgins se retourna.

— Ah ! J'oubliais... soyez sans crainte : il est amateur de luth ; je l'ai vérifié par moi-même.

LE JOURNAL JT DES TERMINALES

Ou comment mieux préparer son avenir, à partir de la Terminale...

Le Journal des Terminales

c'est tous les deux mois

des infos sur :

. les formations supérieures,

. l'année du Bac,

... et les loisirs.

---

150 000 exemplaires

Le Journal des Terminales
28 rue du Faubourg Montmartre 75009 Paris
Tél.: 47 70 84 85 Fax: 47 70 61 55

CHAQUE MOIS, L'ÉVENEMENT ÉTUDIANT

Chaque mois :

les News des campus,

les évenements étudiants,

les meilleures formations,

les promos,

les soldes,

les bons tuyaux,

les réductions ....

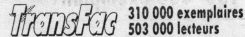 310 000 exemplaires
503 000 lecteurs

TransFac, 28 rue du Faubourg Montmartre, 75009 Paris
Tél.: 47 70 84 85   Fax: 47 70 61 55

Entrez dans le monde de l'imaginaire avec...

PRÉSENCES D'ESPRITS

*Le fanzine du club PDF
écrit par des fans pour des fans*

SF / Fantastique

Musique / Jeux de rôle

Faits divers

Oui, je souhaite entrer dans le monde de l'imaginaire et recevoir *Présences d'esprits* en adhérant au club PDF.

PRENOM : .... NOM : ....

ADRESSE : ....

Je joins un chèque de ....F à l'ordre de
CLUB PDF 73 RUE PASCAL 75013 PARIS
correspondant au montant de ma cotisation que j'ai fixé moi-même entre 40F et 200F.

813

LES AMIS DE LA LITTERATURE POLICIERE

UNE ASSOCIATION PAS TROP SECRÈTE...
POUR LES AMATEURS DE
ROMANS POLICIERS

Quatre revues par an
***
Des lettres d'information
***
Des cadeaux

Adhésion pour l'année : 200F
Chèque ou mandat à l'ordre de "813"
22 Bd Richard Lenoir 75011 PARIS

*Composé par Euronumérique 92120 Montrouge
et achevé d'imprimer en mars 1995
sur les presses de la Société Nouvelle Firmin-Didot
à Mesnil-sur-l'Estrée (Eure)*

- N° d'imprimeur : 30148 -
- N° d'éditeur : DSY 22 -
Dépôt légal : mars 1995

Imprimé en France